ANTÔNIO MARIANO

ENTREVAMENTO

KOTTER
EDITORIAL

Coordenação editorial: Sálvio Nienkötter
Editor-executivo: Daniel Osiecki e Raul K. Souza
Editora-adjunta: Francieli Cunico
Capa e design editorial: Carlos Garcia Fernandes
Produção: Cristiane Nienkötter
Revisão e preparação de originais: Tiago Germano

Dados Internacionais de Catalogação na Publicação (CIP)
Angelica Ilacqua CRB-8/7057

Mariano, Antônio
Entrevamento / Antônio Mariano. -- Curitiba : Kotter Editorial, 2021.
264 p.

ISBN 978-65-89624-14-1

1. Ficção brasileira I. Título

CDD B869.3

21-1105

Kotter Editorial Ltda.
Rua das Cerejeiras, 194
CEP: 82700-510 - Curitiba - PR
Tel. + 55(41) 3585-5161
www.kotter.com.br | contato@kotter.com.br

Feito o depósito legal
1ª Edição
2021

ANTÔNIO MARIANO

ENTREVAMENTO

Para

Paulo Bentancur (*in memoriam*)
Marcela Carvalho
Elvira Vigna (*in memoriam*)
Maria Valéria Rezende
Ronaldo Monte (*in memoriam*)
Rosa Amanda Strausz
Antônio Carlos Viana (*in memoriam*)
Tiago Germano
Ivo Limeira de Lima

Estou só, como o último olho
num homem que caminha para a cegueira!

Vladimir Maiakóvski
Trad. Manuel de Seabra

SUMÁRIO

UM

MORTE. HOJE, sei que existe uma flor da morte. Um dia, me aventurei a saber como seria e dei num vão profundo. Descobria, tardiamente, o seu elo com a ilusão. Que tinha a ver com o amor-perfeito no seu doce, ah, intenso perfume. Lá, eu não dizia isso, não. Firmo daqui, de hoje, como fera, um tanto longe, noutro tempo e espaço, sob sombras, com grades ao redor. A era de paisagem leitosa, de alvura desnorteante, aniquiladora de qualquer razão. Giro à margem das trevas para lembrar. Qual a cor favorita dos dementes? pergunto-me e me respondo: aquela que mais se opuser à luz, confirmo, a preta, a retinta, a mais carregada. É essa que me atrai enquanto volto a pensar naquela a quem eu não deveria dar o nome. Ela que atendia por um som feminino. Que se chamava Sandra Regina. Sandra Regina, Sandra Regina, a flor miúda.

A cela tem uns quadradinhos com uma vista aniquiladora pra mim: a vida lá fora. Meu Deus, não. Quando me removeram do pavilhão onde eu estava pra cá, doeu; doeu muito. Para o que me cabia, melhor do que onde eu estava não podia ficar. Implorei para que me levassem para outro lugar, distante. Nem que fosse a solitária. Não deram importância. Se conforme, rapaz, disse o diretor. Não reclame, agradeça. Vá lá atrás e pergunte quem quer trocar de lugar com você, vá, vá lá, pergunte. Ora, quem vai recusar?

O diretor perde a paciência comigo a cada pedido renovado. Eu não me importo. Sorte terem construído outra despensa, disse ele. De maneira que, com a providência de um beliche, o cubículo de cima pôde dar vez a dois detentos. Depois, o problema da segurança. Éramos as pessoas certas, eu e o zé mané ao lado. Outros presos poderiam remover as grades e, sem dificuldades, escapar daqui. Com a gente, não. O diretor estava certo de que isso não aconteceria.

Por mim, nem duvidasse. Jamais pensaria numa fuga. Quero mofar aqui. Quero a punição eterna.

Não ocorre estar no banco dos réus, diante de um juiz, de um promotor, de um advogado, de minha sentença. No meu país, um apenado não cumpre mais que 30 anos de prisão. É o que reza a lei. Quisera algo perpétuo, do tamanho perfeito para a minha infração.

Vivo apavorado com o anúncio do fim de minha pena. Já tem muitos anos, eu sinto. Me foge a noção, mas eu sinto. Não pergunto. O tempo é louco comigo. Os dias me fogem como um peido a cada cochilo. Antevista a fatalidade, não durmo mais. Vai que numa vez um sono maior me domine e, ao acordar, batam no meu ombro, ei, rapaz, está livre. Vai embora.

Não, nem por hipótese. Fecho os olhos com todas as minhas forças até o pontinho se apagar. Nunca.

Comecei a definhar. A cada dia, eu afinava mais e mais. Deram por isso e estranharam. Me interrogaram, dei uma de sonso. E eu sei lá, homem!

Veio um médico, que não precisou me submeter a exame para descobrir a razão. Noites insones. Prescreveu um amansa leão. Nem toquei. Mantive-me em processo para o homem caveira.

O parceiro de cela, filho da puta, escroto, me denunciou. Eu atirava os comprimidos pela janela. Ah, filho de uma que ronca e fuça. Ameacei matá-lo. Devorar-lhe a goela a dentadas. Pôs-se a chorar, era assim, mundo ingrato, onde o bem se pagava com o mal?

Caralho, eu não suporto ninguém chorando. E João é ridículo. Seu choro afeminado me esfola a alma.

João, não, corrige. Joana. Me chame Joana.

Toma vergonha, viado safado.

Passaram a adicionar medicação à refeição das seis. Não entendia, pegava no sono, dez, doze horas. Esfregava os olhos, o sol já alto, desesperado, e muito puto. Desconfiei. Passei estrategicamente a permutar as refeições com João.

O carcereiro entregava os pratos diretamente a um e a outro, orientado para que não houvesse confusão. Nem bem se retirava, lá ia eu para junto de João, engabelava-o, distraindo-o, conversa mole, ao menor descuido, a troca era feita. Não dando certo, ficava em jejum mesmo.

João dormia como filho de um major. Melhor? Ô, nem fale. Pelo menos não enchia o saco. Porque é foda, camarada. Ironia do acaso. Só pode ser. Uma porra dessas a conviver comigo, logo eu que nunca tolerei baitolas.

Outra vez o diretor aqui. Vem saber como estamos. Peço que me tire deste inferno de convivência. Pode me botar lá embaixo, com os piores contraventores. Ou, pelo menos, mande correr essa lástima para longe de mim.

Paciência, por enquanto, ele fala. A superlotação, todo dia chove de denúncia na imprensa contra o excesso de presos aqui. Eu não sei o que fazer com tanta pressão e você ainda vem com essa lenga-lenga, rapaz. Paciência é a palavra do momento. Quanto a seu colega...

Colega uma ova!

... você sabe os motivos dele estar também nesta cela. Os demais elementos são muito perigosos, imprevisíveis.

Maldição, rosnei. Isso não é pena, é um lajedo sem tamanho. Se não me livrarem dele, mato essa miséria. Mato mesmo, me ouviu? Assim tá com a porra, homem.

Olhe a língua. Respeito. A minha paciência também tem limites.

Desculpa, doutor. Foi mal.

A um canto, trêmulo, a cabeça entre as pernas e choramingando, está João a acompanhar a conversa.

O diretor me olha amigável, uma palmadinha nas costas, calma, homem, calma. A gente dá um jeito, se resolve. Pra que tanto tumulto, hein?

Eu e ele. Não sei o que fazer do tempo. Agora que cansei os olhos de ler. Fico desfazendo os limites da cela para lá e para cá, com passos curtos. João cruza os braços e delicadamente as pernas, pondo-se a me considerar com a sua cara de cão sem dono. Não suporto a provocação. Jogo-lhe a sandália nas ventas. Ele engole o susto num grunhido, a voz em falsete.

Caladinha. Se chorar é pior. E não me olhe assim outra vez. Você foi avisado. Na próxima, eu te furo os olhos.

Ai! faz ele, horrorizado, levando as mãos às órbitas. Valha-me, Santa Luzia!

Nunca ofendeu um mosquito, é o que se diz. Veio parar aqui por causa de um assalto em que se envolveu sem querer. O amante convidou-o para ajudá-lo numa parada, e ele foi, não sabendo em quê. Quando viu, não tinha mais volta. Foi levado aos sopapos e ameaças até a mansão que seria assaltada. Experimentado, o macho de João dominou seguranças e serviçais encontrados no caminho. Uma granfa lá dentro reagiu, constatando tarde demais não se tratar de brincadeira quando teve os miolos jogados contra a parede. E João se cagando, não sabia que o parceiro era capaz disso. Quase não conseguia recolher o dinheiro, as joias e outros objetos de valor, enquanto o da arma controlava a situação. Tudo era inédito para João. Os passos arrastados, as mãos tremendo. A casa, três crianças, duas empregadas em aflição. Choro, gritos, desmaios, ansiedade. No assoalho, o cadáver ensopado na poça de sangue, a cabeça irreconhecível, os miolos espalhados. João gaguejando. Chega, chega. Vamos embora, pelo amor de Deus. Ainda não, seu imbecil, responde o outro. Vai lá dentro; dá uma limpa nos quartos, vê se encontra mais alguma coisa. Foi e voltou: um colar de prata, um troféu de bronze, um radinho de pilha e um despertador. Agora, vamos embora, pelos anjos do céu. Sim, iam embora desta vez, graças a Deus.

João suspirou aliviado. Até que enfim. Mas como? Que é isso? Porra! rugiu o outro. A suíte tinha um banheiro, óbvio. Puta que pariu. Alguém pediu socorro. Porra, caralho, como foi isso? A sirene da polícia canta até dar uma dor no ouvido, desorientando quem já estava perdido, como o nosso desgraçado personagem. O megafone: ninguém se mexe, joguem as armas, mãos na cabeça, tudo rodando, não suportou tanta pressão e desmaiou. Horas depois veio a saber que o parceiro ainda quis levá-lo consigo, mesmo naquele clima. Dando pela impossibilidade do projeto, abandonou-o à própria sorte, arrastando uma criança como refém, trespassadas a vítima e o bandido, duas esquinas à frente, uma bala só, um atirador de elite e seu fuzil.

João foi parar num pronto-socorro, confundido com gente de festa. E teria alta ainda naquele dia, vendia saúde, se, no depoimento de um dos empregados, não fossem mencionados dois assaltantes.

Ca- ra- lho!

Correram ao hospital e o algemaram ainda dormindo.

O traste descruza e torna a cruzar as pernas, sentado na cama de baixo. Dou-lhe as costas, dirigindo-me à janela. Me detenho ao primeiro jato de claridade que me atinge o rosto. Quando a morte chegou, aquele escritor alemão pediu que escancarassem as janelas para a luz entrar. Ao contrário dele, quanto mais eu vivo, mais anseio pela escuridão.

Perto do travesseiro dele, avisto um livro que logo identifico como meu: *Contos*, de Tchekhov. Rompo como um raio em sua direção. Tomando de volta o objeto, fulmino João com o olhar.

Ora, diz ele, eu tava sem o que faz...

O impacto da mão na cara dele não permite que conclua a frase.

Seu cachorro! Cansei de te falar para não manchar com essas mãos podres os meus objetos.

Fricciono as minhas mãos uma na outra, esfrego o livro, e imagino-o umedecido com álcool, como se o imunizasse do contato infecto.

Meu Deus, ele diz, eu queria saber por que todo esse ódio.

Fecha a boca. E não polua o nome de Deus com esses beiços condenados.

Devolvo o volume à estante improvisada com tábuas e tijolos pelo carcereiro. A pequena biblioteca constitui o único desejo que alimentei: a mudança de meus livros, só o essencial do essencial, que não chegavam a cinquenta.

Uma ou outra visita costuma trazer algum lançamento. E assim vai crescendo o acervo e se espalhando pelo cubículo, no chão, aos pés da cama, debaixo do colchão para servir de travesseiro... Até o diretor do presídio, que há dois dias me presenteou com *Risíveis Amores*.

Mas por quê? perguntei, me corroendo.

Por que o quê? disse ele. Não entendo.

O título... Nada tem o que faça ninguém rir neste gesto, mas de certa maneira ele lembra, me liga a toda tragédia. O meu fodido amor, a minha chave de cadeia, à desalmada que desgraçou a minha vida.

Oh, me desculpe. Tô compreendendo, filho. Me desculpe.

A culpa não é de ninguém, exceto minha. Cada um a seu modo me condena. Tudo que se apresenta me enche de lembranças: o modo de cruzar as pernas de João, uma voz lá embaixo, uma música, a pequena que caminha na calçada, o andar da outra ao lado, os olhos dessa outra atrás, o nariz, o corpo magro daquela ali, as curvas, o sorriso da modelo na revista que folheio e que de imediato rasgo, reconstituem com perfeição Sandra Regina, sim, chave de cadeia, como me alertou um dia o amigo Cassiano, e ela, a desgraça...

Agora, meu amigo... Agora é muito tarde. Tudo isso eu deveria ter visto lá atrás, antes de ficar cego.

DOIS

TERÇA-FEIRA, meio da manhã. Início de maio de oitenta e seis. Praça Antônio Rabelo, Varadouro. Eu ia à prefeitura de João Pessoa calcular o atraso de mais uma parcela do imposto da casa onde morávamos. Minha mãe tinha esquecido de pagar e me pediu esse favor. O sol, apesar do calor, produzia uma claridade tão forte que, ainda que eu caminhasse de costas para a luz, embaçava minha visão. Chegando à prefeitura, algo atraiu minha atenção. Na frente do prédio, nas escadarias, vi sentada uma mocinha que, à primeira vista, julguei ter seus quatorze ou quinze anos. Lia um livro com o dorso inclinado. A postura, o modo particular de olhar o volume, mudar de página, trouxe-me um não sei quê de simpatia.

Brequei na frente dela.

Percebendo a minha sombra, levantou a cabeça. Não parecia assustada, surpresa ou contrariada. Como se fosse natural ser interrompida.

O que era então de esperar. Uma jovem, bonita, sozinha, é raro mesmo que um homem de bom senso não ficasse tentado a abordá-la. Eu não fugi à regra.

Não, não quero me justificar. Mas ultimamente andava um tanto desesperado por mulher. E quando me refiro a mulher, não era aquela procura da necessidade fisiológica, de reafirmação social do macho. Eu já estava cheio de mandar à merda todos os dias esse povo idiota no local de trabalho, na família, na escola, na igreja, por onde eu passava. Era mais. Era a busca da essência. Daquilo que faz falta, que grita dentro da gente. Eu ouso dizer: era a busca da reintegração do ser humano em mim. Era a busca do amor.

Fazia tempo que não tinha ninguém e de repente perdi a vergonha da aproximação. Usava de todos os recursos a que os sozinhos costumavam naquele tempo. Não perdia uma matinê, os bailes nos ranchos em moda na época, qualquer que fosse o lugar onde encontrasse moças para dançar, sentir um cheiro, um calor, um contato por mais artificial que fosse. Era um desencontro atrás do outro. Quanto mais corria atrás, mais quebrava a cara. E sempre acreditava que acertaria na próxima tentativa.

Voltemos à moça. Até ali, uma desconhecida. Notei que não tinha a idade presumida. Apesar de muito jovem, já passava dos vinte.

Cuidado com os reflexos do sol no livro, falei, professoral. Poderão derrotar a tua vista.

Ela me encarou com um daqueles sorrisos nos quais descrédito, interesse e perplexidade se confundem.

Mas é uma vez só, disse. Acho que não faz mal. É só enquanto aguardo um chefe aí, pra ver um emprego.

Mas por que não ficou na sala de espera?

Não gosto, não fico à vontade.

Bom, eu concluí, já que é assim, tudo bem.

E continuei a subir as escadas.

Olha, chamou.

Parei, movendo lentamente o rosto.

Brigada, disse.

Rimos. Percebi que em lugar dos caninos ela tinha os pré-molares.

Entrei.

Ao voltar, ela ainda permanecia na mesma atitude em que eu a flagrara. Diante de meu olhar de censura, não se conteve e riu outra vez.

Sabe onde fica a Câmara Municipal? adiantou-se. Soube há pouco que a pessoa que procuro anda por lá.

Passarei bem próximo, avisei.

Me dá uma carona?

Dou. No onze.

No onze? Ah, sim! Sei, sei. As pernas, né? disse. Aceito. Adoro caminhar.

Saímos andando. Era um caminho comprido para quem não fosse acostumado a caminhar longas distâncias como eu. Para ficar mais tempo em companhia dela, tentei estender o máximo que pudesse aquele percurso da rua Gama e Melo à rua das Trincheiras, onde ficava a famigerada Casa de Napoleão Laureano, o Parlamento Mirim da Capital da Paraíba, a Câmara dos Vereadores. Teríamos que caminhar em torno de um quilômetro. Seria talvez suficiente para tentar impressioná-la positivamente de alguma forma.

Mas você não é casado? disse ela, estacando.

Não. Mas o que é que tem?

Sei lá. Não gosto, não fica bem. Sempre acaba em confusão.

Acho que não tem nada a ver.

É, mas não gosto. Não é casado?

Não. Nem namorada tenho.

Ah, bom. Mas não acredito que esteja sem namorada.

Não acredita?

Não.

Pois não tenho.

Adiante, encontramos um mendigo. Tinha uma das pernas muito inchada com uma ferida enorme na parte da frente, uma chaga só. Uma colônia de insetos voadores era atraída pelo ferimento. Ele os enxotava, abanando com um chapéu velho, e um cheiro desagradável invadia nossas narinas. As pessoas reagiam com cara de nojo e de pena. O homem, que não devia ter quarenta anos, rogava pelo auxílio com expressões de mártir. A maioria dos transeuntes dava mostras de generosidade. O mendigo, por sua vez, agradecia-lhes atribuindo a Deus a paga do que, segundo dizia, era um empréstimo. No entanto, dirigia-se às pessoas à maneira de quem cobra um direito.

Irra! fez ela. Fico toda arrepiada. Isso me tirou todo o apetite por hoje. Ah, Deus. Não coopero com o pobrezinho porque só tenho a passagem do ônibus.

Pois eu tenho, confessei, mas não dou. Dependo de clima, de bom humor para dar esmolas. E não fique tão certa da necessidade dele. Alguns vivem em melhor situação do que nós. Residem bem, têm imóveis que alugam para renda. Arrecadam num dia o que eu ganho numa semana.

Lá isso é verdade, concordou. Já vi casos assim.

Já havíamos atingido mais da metade do percurso. Como ela desse mostras de cansaço e ansiedade, disse-lhe que estávamos chegando. Continuávamos a falar.

Comecei a desfiar as minhas teses e propostas para mudar o país, sem me dar conta do quanto aquilo podia ser cansativo e me tirar pontos em vez de trazer simpatia ou admiração da parte que eu queria impressionar.

Com monossílabos e movimentos de cabeça, ela ia me apoiando ou discordando.

E continuei falando mal da deficiência dos programas de reabilitação profissional do governo, do problema dos garotos de rua, da desatenção aos idosos, das pensões e aposentadorias da Previdência...

E isso, e aquilo, acudiu ela, que já não aguentava mais, como concluí depois.

Isso não quer dizer que não conheçam a realidade, continuou ela. Acontece apenas que têm outros interesses pra defender. Por que ficar perdendo saliva com esse papo se não podemos fazer nada? Tô farta com tudo isso. Tenho nojo da coisa política. Só o misericordioso Deus é que pode dar jeito nisso tudo.

Para não contrariá-la, fingi não ouvir a última frase.

Chegávamos.

E, aqui, a Câmara Municipal, indiquei.

Brigada, disse ela. Sou uma decepção. Há quase um ano que estou aqui e nada conheço.

Eu fazia gosto em ouvi-la. Bebia sem me fartar a musicalidade de sua fala. Naquela boca, a prosa corriqueira era lirismo puro. E como a achei bonita. Discretamente, fui cubando a moça. Mirei-lhe a mão direita na qual dormia o livro que lia quando a encontrei. Pedi licença para examinar: *Um anjo desce*. Tinha a forma dos dedos dela impressa na capa e na contracapa, pela umidade do suor. De fato, a temperatura estava muito acima dos trinta graus. Nossos rostos semeavam-se de gotinhas.

Então, fiz eu, quase soletrando as palavras, temos uma hora de papo e ainda nem sabemos como nos chamamos.

Ah, não seja por isso, precipitou-se ela, estendendo a mão: Sandra Regina da Silva, sua pequena criada, e realçava bem o "sua pequena criada" com um ar entre dócil e brincalhão.

Sandra Regina, repeti, Sandra Regina é um nome bem sonoro.

E você, atalhou, não diz o seu?

Moacir, respondi, imitando: seu minúsculo criado.

Ah, mas você é grande, divergiu Sandra Regina. Pequena sou eu.

Mas deve ser uma grande mulher, eu disse, e arranquei dela um sorriso.

Nem tanto. Tenho meus defeitos.

E quem não os têm?

Moacir de quê? ela quis saber.

De Sousa Lins, completei.

Ih! é chique.

Não precisa retribuir a gentileza.

Não, não. Tô falando sério. É sobrenome de grã-finos.

Se é ou não, pouco sei. Um dia tivemos certa estabilidade. Mas eis que de repente tudo desaba, e estamos num bairrinho de periferia. Como num passe de mágica.

Moacir... repetiu ela. Eu me lembro desse nome. Não sei de onde. Acho que de um livro. Ah, sim, é mesmo. Faz um tempo que li e me marcou muito. Ainda do tempo da escola. Queria lembrar, mas essa minha memória...

Iracema...

... de José de Alencar, né?

Acertou, eu disse, com a voz empostada de um radialista.

Rimos e ficamos um momento sem nos dizer nada. Parecia nos fazer bem aquela cumplicidade silenciosa.

É, decidiu-se ela, tenho que entrar, se não quiser mais uma vez quebrar a cara sem encontrar o doutor.

Quando é que a gente se vê? Eu, já ansioso.

Você é quem sabe.

Dei-lhe o telefone da repartição, deixando ela a par de meu horário de trabalho. Ela entrou e eu fui embora já puto comigo por não ter obtido dela uma forma de contato. A possibilidade de não mais encontrá-la me deixava triste, muito triste.

...

Tive um sobressalto quando disseram que tinha um telefonema para mim.

Homem ou mulher?

Mulher, disse Carmelita, com cara de malícia.

Corri ao telefone sem ao menos lhe agradecer. Era ela, Sandra Regina e, para surpresa minha, ligava na tarde do mesmo dia em que nos conhecemos. Agitava-se, do lado de lá, a turbulência de uma variedade de sons. A voz dela se misturava ao barulho. Pedi que falasse mais alto. Ela tentava me dizer alguma coisa quase imperceptível, em meio a atropelos, quase imperceptível. Também me ouvia mal. Enfim, a situação acalmou um pouco e ela me disse não dispor de tempo. Estava num telefone público. Uma fila imensa crescia atrás dela, a maioria já reclamando. Queria se encontrar comigo no final da tarde, ali, nos primeiros bancos da praça que olha pros Correios. A gente tinha passado em frente quando foi à Câmara Municipal. Se eu ia? Sim, que me esperasse, claro que sim. Então combinado: estaria me esperando.

Saí da repartição quando faltavam dez para as seis. O chefe ficou com a cara desse tamanho e a mastigar indiretas. O mequetrefe, com certeza, não viu o quanto trabalhei durante a tarde, apesar da grande excitação que me afligia. Os outros funcionários, em vista de ser eu novato, ficavam a se escorar em mim. Filhos da puta. Por ora deixava estar, que passassem pelo menos alguns meses. Depois veriam, tinha boquinha não, se fodiam comigo, que nisso sou bom. Não costumo engolir desaforos. Quando muito, guardo um pouco para o vômito ser maior.

Cheguei às seis em ponto, o sol se escondendo. O expediente nos Correios já havia acabado e por uma das portas laterais os funcionários saíam chocando-se uns contra os outros, como se escapassem de uma aeronave em chamas. Os automóveis quase que se enrabavam compondo uma gigantesca serpente metálica. As demais pessoas, na urgência de retornar ao lar, se confundiam numa massa disforme de corpos. Lua nova, céu estrelado. A maioria das lâmpadas da praça estava destruída ou queimada. Depois, as árvores de porte elevado fortaleciam as sombras que se derramavam ali, chegando em certos lugares à escuridão total.

Não avistei Sandra Regina. Nos bancos que davam as caras para os Correios, com a ressalva de uma putinha enganchada no colo de um magrão, de cavanhaque e malvestido, nenhuma outra mulher figurava ali. Um banco à direita era ocupado por dois velhotes gordos discutindo um assunto qualquer no extremo de suas vozes guturais. Noutro, à esquerda, três sujeitos embriagados e ranzinzas. Um deles, quando eu passava ali e o encarava, insultou-me perguntando se eu o tinha achado bonito. Vá se lascar, eu disse. Quis partir pra cima de mim, me armei com um estilete, os outros o contiveram. Sabia que nenhum dos três suportava ao menos um tapa-olho, mas há tempo me indagava como seria um risco de estilete. Além do mais eu nunca ferira ninguém e vez ou outra me perguntava que sensação isso me produziria. Como os outros tinham demovido aquele sujeito de me enfrentar, cheguei mais perto e desta vez xinguei todo o bando. Nenhum fez nada.

Dei as costas e fui em direção à parada de ônibus. Seis e quinze, já estava convencido de que àquela hora não mais encontraria Sandra Regina. Ao olhar pro outro lado da rua, dei de cara com ela. Estava junto a um casal e me olhava. Mas não havia me reconhecido. Me entranhei na escuridão da praça a fim de vestir o blusão que usava no trabalho, por causa do frio do ar-condicionado. Ainda bem que eu não o tinha esquecido na gaveta do birô, como costumava fazer. O que não pensaria Sandra Regina de mim ao dar comigo em tais circunstâncias, um valentão tentando atacar três bêbados indefesos?

Vestido o blusão, fiz a volta para surpreendê-la por trás. Quando lhe bati no ombro ela tomou um susto e quase gritou. Depois riu e disse que não se assustava por brincadeiras, quando eu me desculpei. Sugeri que fôssemos a um lugar mais tranquilo para se conversar. O rosto dela confessava aflição.

Eu conhecia alguns restaurantes discretos. Ela, porém, não aceitou ir a nenhum, preferindo o banco da praça.

Quando nos sentamos ficamos nos olhando, sem nenhum tomar a iniciativa de falar alguma coisa. Sandra Regina estava trêmula e abatida. O rosto dizia que por ali escorregaram algumas lágrimas.

A voz dela foi escapando débil e oscilante. Confiou-me: foi tomada de um desespero, uma agonia, uma vontade irreprimível de morrer. E jogou-se ao meu ombro se pondo a soluçar em último volume. Confuso, fiquei tentando mostrar isenção diante daquilo, temendo ser reconhecido por alguém, aquela mulher praticamente estranha chorando nos meus braços. Deveria ter visto mais, mas não vi. Eu via muito pouco.

TRÊS

TRÊS DA MANHÃ. João boceja sentado na cama, impedido de dormir pela luz acesa da cela. Percebo os olhos dele curiosos sobre mim, no que estou fazendo. Tempera a garganta.

Vai dormir não? Daqui a pouco é de manhã.

Detesto dormir.

Faz muito tempo que não durmo direito, desabafa. Não sei pregar os olhos no claro.

Tá incomodado, é? Pede pra mudar.

Né por aí não.

Então cola fita isolante nos olhos.

Deitou, escondendo-se sob o lençol. Tentei retomar a narrativa. A prisão tombou num silêncio do começo dos tempos. Gosto de pensar, ler, tentar fazer algo a esta hora. Mas emperrou desta vez. O viado me atrapalhou quando eu estava no maior pique. Agora, nem a pau cai a mínima palavra na folha de papel.

João volta a se descobrir, senta na cama, acende um cigarro.

Tá escrevendo?

Tava.

Um livro?

Não, um relato. Não sou escritor. Ninguém vai perder tempo publicando estas paspalhices.

Desculpa, viu?

O quê?

Eu ter lhe incomodado.

Tá, tá. É o que tô cansado de fazer, te perdoar. Se não, já tinha te estrangulado. Ah, triste sina.

Pode ficar com a luz acesa, viu? Eu vou ficar quieto.

Não preciso mais da lâmpada. Meus olhos estão latejando.

Ficamos no escuro, cada um sentado na sua cama, ele chupando o seu cigarro fedorento. Me deito geralmente quando percebo a manhã anunciada. Um cochilo rápido, só o tempo de descansar os olhos. Depois das cinco, começa o bafafá na penitenciária e geralmente desperto.

Que coisa horrorosa é a silhueta andrógina do rosto de João evidenciada pela brasa do cigarro. Me provoca um quê de desconforto, quem sabe medo. Parece assombração, coisa do outro mundo. Me remete à minha infância, meus irmãos me matando de pavor quando se apagavam as luzes da casa. Pegavam um mamão grande, esvaziavam e lhe furavam vários buracos, olhos, ouvidos, ventas, boca, colocando em seguida uma vela acesa dentro dele. Deus do céu, eu soltava gritos horríveis quando via aquela coisa deslizar lentamente pelo quarto, Cláudio e Zulmira escondidos em algum lugar e puxando a caveira de mamão por um barbante. Às vezes, eles colocavam um lençol branco sobre o corpo e punham um charuto de papel na boca. Eu saía em disparada pro quarto dos meus pais.

Apaga esse cigarro, João.

Tô sem sono. Sempre relaxo quando fumo.

Apaga o cigarro.

Oh, Moacir. Um pouquinho só.

Apaga ou eu vou aí fazer você engolir ele com brasa e tudo.

Que inferno, diz ele esmagando a ponta do cigarro na parede.

Que inferno, repito baixinho, para mim mesmo. Tudo é absoluto breu.

QUATRO

O DIABO não era tão feio como se pintava. Sandra Regina apenas estava aflita com as suas buscas fracassadas na tentativa de um emprego. Era tudo o que queria. Um salário, mínimo que fosse já suavizaria os embaraços. E tinha procurado até acabarem suas forças. Em vão. O que ganhou até ali, coitada? Promessas, promessas, cantadas... Quando não, desengano imediato.

Então chegou à fase extrema do desespero. Chorou, chorou, não ia negar. E quando há pouco foi conquistando um a um os andares de um edifício público, na rua Barão do Abiahy, estava decidida a fazer o voo final dos andares, prática tão em moda tinha algum tempo.

Encarei Sandra Regina com severidade. Estava doida?

A gente se encontrava ainda na mesma posição de quando ela se atirou no meu ombro, soluçando. Mas agora já me encarava, apesar de faltar-lhe o controle da emoção. Eu ia selecionando as palavras com que lhe falar.

Chamei a atenção sobre a importância da vida, imprimindo entonação romântico-filosófica em cada frase. Referi exemplos de pessoas que se aterraram até o gogó de problemas, sem ter, no entanto, que desesperar. Soluções existem, é só ter calma. O suicídio é um fim, não é uma saída. Porque os problemas se desfazem antes pela afronta e combate que pela covardia, um blablablá que eu mesmo achava sacal, mas repetia para ela com convicção. É trincar os dentes e partir para cima. Depois de alguma argumentação, ela foi abandonando os pretextos, a ponto de no fim baixar a cabeça e se chamar de imbecil.

Não, que é isso? Não. Também não exagere. Você somente se desconcertou com as dificuldades que não conhecia.

É, tem razão, dissuadiu-se. A verdade é que desde que chegamos aqui, eu e meu filho temos levado uma vida de cão.

Ah, você tem filho? estranhei.

Sim, um menino. Quatro anos.

Sandra Regina era de Natal, e enviuvara tinha dois anos de um pequeno comerciante. Tendo o defunto exercido atividade autônoma, sem nenhum plano de seguridade social, não deixou pensão. O que lhe ficou das economias esgotou em poucos meses. Com o fim dos recursos, ficou à mercê de alguns familiares, mas em pouco tempo não aguentou as piadinhas. Assim, escreveu para uma prima que morava em João Pessoa. Contou a situação e a outra ofereceu pão e teto enquanto tentasse a sorte por aqui.

Ao chegar, viu que trabalhar era urgente. Naquela casa apenas o homem recebia um salário que, pelo seu valor, servia, se tanto, de paliativo para a fome de meia dúzia de bocas já existentes. A situação era das piores. Sandra Regina caiu em campo na mesma semana. Mas até agora... Lá se ia quase um ano.

O seu pequeno, benza-o Deus, tão desnutrido. Em matéria de roupa, nem se falava. O pior é que aqui também já se resmungava pelo canto das bocas alusões indiretas à sua desocupação. Que fazer, Jesus? Um ano apenas para concluir o segundo grau, iria se sujeitar a uma vaga de doméstica na casa de uma madame qualquer? Como era duro. Há tempo hesitava entre isso e o suicídio. O filho é que a detinha. Ah, o filho...

Calou-se, a mão na garganta, engolindo em seco. Ficamos sem fala uns bons segundos.

Me desculpe a palhaçada, disse ela. Deus, que direito tenho eu de lhe envolver nos meus problemas? Nem nos conhecemos direito. Imagino como deve estar confuso.

Sorri, tentando mostrar grandeza.

Ora, não se preocupe. É um prazer te ajudar no que eu puder.

Já me ajudou bastante, disse, comovida.

Ainda não fiz nada.

Fez muito.

Então me considerou com interesse.

Que foi? estranhei.

Nada.

E se abriu num sorriso.

Tá mangando de mim?

Não. É outra coisa. Deixa pra lá.

Naquela hora ela já havia se recomposto e estávamos sentados lado a lado. Mas muito próximos, de maneira que ao mover a cabeça para falar face a face, dava pra sentir o hálito do outro. Nosso banco era vizinho de um poste que jogava sobre nós um largo foco de luz. Demos com algumas pessoas a nos mirar, curiosas. Os rostos se inclinavam para nós, interessados em se inteirar melhor do caso. Outros, quase chegavam a participar diretamente de nossa entrevista, reagindo com gestos afirmativos ou negativos de cabeça.

Deu vontade de insultá-los, perguntar qual era a deles. Mas me contive. Chegava de maribondos.

Sandra Regina também se vexou ao dar com os curiosos.

Vamos sair daqui, Sandra?

Pra onde?

Sei de um lugar onde se pode conversar em sossego.

Levantei e ela me seguiu. Subimos a ladeira, cruzamos a General Osório, a Duque de Caxias, chegamos no Ponto de Cem Réis, Parahyba Palace. Sisudos. Sandra Regina já estava ansiosa.

Onde é, hein? A gente vai pra onde?

Ali, na Treze de Maio. Tem um barzinho. É bem tranquilo.

Descemos um pouco pela rua Padre Meira, entramos na próxima rua à direita e... Pronto, chegávamos. Sandra parou à entrada com cisma de abrigar-se.

Que foi?

É que eu tenho vergonha de entrar assim.

Usava uma camiseta meia manga, um furinho aqui, outro além, feitos pela traça ou no varal de arame farpado onde era estendida; uma saia estampada, de um tecido simples, à altura dos joelhos, e um par de sandálias japonesas muito desgastado. No entanto, todo seu traje apresentava um asseio sem igual. E aquela maneira singela de se vestir lhe dava uma feição particular.

O que me fascinava nela era o estilo todo seu de agir frente às situações insólitas. Até a inexperiência, o sem jeito, lhe dava um certo charme. Gostava disso. Essa aparente fragilidade que uma mulher sabe usar muito bem algumas vezes me deixava sem forças. Eu não resistia.

Mas que besteira, eu disse. Não deve se preocupar com essas coisas. Vamos, deixe disso.

Coloquei a mão no seu ombro e a incentivei a entrar. Ela ia contraída, a passos tardios, sem coragem de encarar o lugar. Havia, porém poucas mesas ocupadas. Quatro ou cinco, com um par de pessoas em cada uma.

Ah, Sandra, fica à vontade. Aqui é calmo, ninguém liga pra gente. Ela tentava um sorriso impossível e se encolhia toda quando eu lhe tocava.

Escolhemos uma mesa ao canto. Ela sentou-se de modo a dar a cara à parede, eu na sua frente.

Novamente a barreira do silêncio. Eu a considerava sério, pensativo, ela desviava, baixava os olhos. De repente, riu.

Engraçado, disse ela.

O quê?

Nunca estive numa situação assim.

Continuei a observá-la na mesma atitude, deixando que falasse. Era bom olhá-la, envolver numa só visão tudo em volta, o zunzum das vozes, o movimento do garçom, um casal que se beijava. Sandra ia desinibindo-se, relaxando a fala. Parecia um reservatório d'água de que tiraram enfim a represa.

Fala alguma coisa, queixou-se. Não faz assim. Eu fico sem jeito.

O garçom veio à nossa mesa.

O que você vai querer? voltei-me para ela.

Sei não, disse. O que você quiser.

Traga uma cerveja e um queijinho de coalho assado, eu disse ao rapaz.

É pra já, respondeu. Rapidinho como coceira de coelho.

Lá vinha o garçom trazendo numa bandeja o queijo, a loira de minha preferência e dois copos. Pôs tudo na mesa, serviu nossos copos, saiu.

Reinava ainda a vontade de nada dizer. Apenas observá-la, ver o comportamento, distinguir a voz de contralto, rouca, desafinada diante de uma explicação complicada.

Ela não se incomodou mais comigo. Íamos relaxando à medida que fomos esvaziando as dez garrafas de cerveja e devorando os petiscos que o bar tinha disponíveis.

Sandra Regina soltava de vez a língua, ignorando as pessoas no bar. E bebia com a sede de um peregrino no deserto.

Não eram lá grandes coisas o que falava. Mas deliciava-me seu jeito de dizê-las, de pôr sal numas e adoçar outras. Na sua boca nada era insosso ou aguado.

Riu muito, cantarolou modinhas do tempo dos seus avós, fez confissões, falou de aspirações, esperanças frustradas, mágoas, obsessões, receios, ódios, e de tantos outros substantivos abstratos que lhe revolviam a alma. Colocou sua cadeira junto à minha, fez-me elogios, abraçou-me, lambuzou-me de beijos com sabor de queijo assado, gordura de carne de sol, macaxeira e batatas fritas.

O desfecho foi inevitável. Vomitou, disse que ia morrer, chorou bastante, adormeceu com a cabeça na mesa.

Assim, chegamos à meia-noite. O último casal que estava ali retirou-se enojado com as convulsões de Sandra Regina. Hora de fechar o bar. O garçom ajudou-me a limpar a minha amiga que estava como morta, deu-lhe um Sonrisal num copo com água.

Prevenido, trouxe querosene, dizendo que era bom para o estado dela, que ela ficaria melhor. Sempre funcionava. Bastava passar um pouco nos pés.

Paguei a conta, chamei um táxi, entramos e mandei tocar para Mangabeira. Não podia levá-la para a casa dela naquela situação.

Um amigo, Cassiano, tinha um lugar desocupado naquele bairro. Ele estava noivo e enquanto não ia morar lá tinha me emprestado a chave. Pus na casa uma escrivaninha, uma rede, um pequeno fogão a gás, material de higiene pessoal, um rádio FM, enfim, tudo o que me servia em meus dias de folga, já que onde eu residia era sofrível ler e dormir nesses dias por causa de uma batucada que havia em frente.

Na viagem, ela vomitou duas vezes no interior do carro. O motorista quis chiar. Falei duro, mandei ficar frio e prometi ajudar na remoção da sujeira tão logo chegássemos.

É aqui, disse eu. Pode parar.

A blusa de Sandra Regina estava cheia de vômito. Boa parte tinha salpicado também em mim.

O taxista não quis me ajudar a retirar Sandra do interior do veículo. Só fazia reclamar, lastimar-se, dizer-se arrependido de nos ter apanhado. Era um amarelo baixinho, nariz de papagaio e cabelo ruim. Fiquei irado com os modos dele, cheio de frescuras, xingando, a voz sibilando pela prótese frouxa.

Cobrou o dobro da corrida. Falei que não fosse besta. Pensava o quê? Paguei menos da metade, porque era só o que tinha, e mandei arribar. Também não ia ajudá-lo a limpar porra nenhuma. O baixinho arrancou insultando até o diabo e prometendo trazer a polícia.

Aquela noite eu e Sandra podíamos ter dormido no xilindró, se eu não tivesse cometido o equívoco de ter saltado na rua paralela à do destino.

Já desconfiava, ao chegar, quando vi as luzes da casa acesas, contrariando a forma como a tinha deixado na segunda-feira pela manhã. Estava claro que tinha descido no lugar errado. Assim que percebi que o número não coincidia, cuidei de me arrastar com Sandra.

Ela já podia caminhar. Não tivemos dificuldades em chegar logo à outra rua. Ao tentar abrir o portão, um vira-lata que passava pôs-se a cismar com a gente. Sorte dele que eu temia incomodar a vizinhança com os seus ganidos, senão teria lhe descadeirado com um paralelepípedo.

Na rua de trás, gritava a sirene da polícia.

Entramos rápido e fechei a porta. Sandra mirava-se com tristeza e resignação. Relutou quando fui despi-la, mas sem efeito. Que maravilha de corpo. Os seios pequenos e durinhos, nem parecia ser mãe. No sexo, fiozinhos de cabelos pretinhos e sedosos, virgens de depilação. Com que arrogância a bundinha se empinava.

Não teve jeito. Não pude conter a vontade de comê-la assim mesmo, malgrado o cheiro forte de vômito.

Sandra Regina, agora você ajuda a me despir.

An?

Tira minha roupa, falei, sorrindo.

Sem jeito, ela foi desabotoando minha camisa, eu apenas facilitando. Hesitou quando chegou a vez da calça. As mãos dela tremiam, respirava com dificuldade. Nossa, que sensação, aquela coisa doida que nos arrebatava. Ela abrindo o cinto, desvencilhando a calça do botão, descendo até embaixo o ri-ri da braguilha. Depois curvando-se e levando a peça ao chão, eu levantando uma perna e outra para facilitar a sua dura tarefa.

Só falta a cueca, eu disse.

Não, agora você faz sozinho. Cadê as suas mãos?

Estão aqui, mas só sabem abraçar e dar carinho.

Ela torceu a boca num quase sorriso, me olhando pelo canto dos olhos. Pôs as duas mãos em concha sobre meu peito e foi descendo; os dedos, imitando o movimento das pernas de um caranguejo, seguiam a rota da divisão da caixa torácica, passando pelo umbigo, sobre a trilha de cabelos logo após, chegando à cueca. Entao, com o médio e o indicador de cada mão, ela segurou de um lado e de outro o elástico e foi baixando, lentamente. Seus olhos cresceram e ela não reprimiu o gesto de uma leve carícia com as costas dos dedos sobre meu pau. Abaixei-me também e minhas mãos foram sabendo o formato de seus seios, a textura e a febre da pele.

Passamos quase uma hora debaixo do chuveiro depois. Sandra não dava mais nenhuma mostra de mal-estar. De forma que só resquícios da embriaguez se expressavam. Neles, por sua vez, estava o sal das horas, o tom com que cada movimento se vestia de brilho e originalidade.

Terminado o banho, corri uma toalha no seu corpo, gotejando em seguida com lavanda infantil, a fragrância que eu gostava de usar. E que passiva era ela naqueles momentos. Um bebezinho mesmo, cedendo, erguendo ora um braço, ora uma perna para a higiene. Chegando numa curvinha, eu fazia cócegas e ela se desmanchava em risos.

Ficamos o resto da noite como viemos ao mundo. Ela porque a única roupa que tinha estava de molho no tanque para ser lavada; eu porque, ainda que tivesse guardados uma camiseta e um calção, não queria contrastar com a plasticidade daquela visão.

No resto daquela noite dispensamos nossas vozes. Quando tanto, serviram para sussurros e gemidos. Era a vez de nossos corpos fluírem em sua oratória.

As palavras têm essa limitação. Muitas vezes sujamos de retórica uma situação, tirando-lhe o tempero. Entre o gesto e a palavra existe uma diferença relativa que se define pelo movimento. Mais isso: o gesto elimina fronteiras. Coisas que vejo daqui, da clausura. Eu não tinha essa visão.

CINCO

HÁ MUITO tempo, João é doido para se aproximar de mim. Travar amizade, entrar na minha intimidade, quem sabe outros progressos. Desde o começo fiz questão de mostrar o lugar dele. Encheu muito o meu saco? Porrada. Comigo é assim. Diplomacia só quando não existe outro jeito de não quebrar o pau, a presença de pessoas, os carcereiros, o diretor. Mas ele nunca perde por esperar se se meter a besta comigo.

Assim que me viu escrevendo estas linhas ele ficou de não se aguentar. Impaciente, com vontade de ver de que se tratava. E não parava de me abordar, me interromper com perguntas idiotas. É sempre assim. Eu me desviando, haja tempo pra retornar. Os neurônios de molho na água sanitária. Branco absoluto.

Tá escrevendo um livro, né não?

Me levantei como mordido de cachorro doente. Peguei-o pelo gogó, atirei-o contra a parede várias vezes até o bicho gemer.

Eu morro, eu morro, Moacir, disse ele, a voz saindo num chiado.

É o que vai acontecer da próxima vez que você me interromper. Pensa que não tenho coragem de lhe matar, não é? Pensa que tenho alguma coisa a perder, desgraçado? Me deixa em paz, não quero ouvir sua voz aqui. Já disse que lhe furava seus olhos, não foi? Agora, arranco também sua língua.

De repente me bateu uma alegria louca. Ele me olhando espantando, intuindo que ia sobrar alguma para ele, sem saber o que eu ia inventar.

Por que não pensei nisso antes?

Me lembrei que tinha um rolo de esparadrapo esquecido por um enfermeiro que escondi no bolso. Num pulo fui pegar.

Você vai fazer o quê?

Não se mexa. Se não, já sabe.

Tirei um pedaço, isolei um de seus olhos. Mais um pedaço, e ele não via nada. Com uma tira maior o amordacei.

João ficou engraçado. Só não explodi de rir para ele não perder o respeito por mim.

Vai ficar assim. Ai de você se ousar arrancar.

Voltei para minha cama, todo satisfeito com a ação. Enfim, o sossego. Foi pior. O infeliz estava resfriado, de forma que fazia um barulho horrível para respirar. O diabo era conseguir me concentrar dali para frente.

Mesmo assim, deixei-o naquele estado por um longo tempo. Como por castigo. E pouco, para o quanto ele tinha me perturbado nesses anos.

O diretor entrava naquele momento.

Meu Deus, o que é isso?

Sei lá. Invenção dele. Não é, João?

João calado estava, calado ficou.

Não é, João? eu imprimi um tom quase ameaçador.

Ele sacudiu a cabeça afirmativamente.

Mas é uma loucura. Quem já viu? disse o diretor arrancando a mordaça, e depois as vendas dos olhos de João. Que há com você, rapaz?

João caiu numa crise de choro, se tremendo.

Minha tese está certa, disse o diretor. Vocês são todos uns desequilibrados. Talvez o lugar certo pra você seja o manicômio judiciário. Vamos comigo. Tá bom de fazer alguns exames.

Pulei de contentamento. Uma tristeza sem fim, no entanto, foi imediata. Eu não preciso ser esta coisa, meu Deus, não preciso, pensei, algo me furando o coração. Aquele esparadrapo tinha a medida dos meus olhos.

SEIS

DIA SEGUINTE, saímos muito tarde de casa. Sandra Regina usava a roupa ainda úmida, mas isso o sol que fervilhava às nossas costas resolveria em dois tempos. Era quase hora de assinar o ponto na repartição quando chegamos ao centro de João Pessoa. Uma sensação de fraqueza me dominava, pernas bambas, a vista turvando.

Que fome, ela disse.

Nem me fale, respondi.

Não tinha nada para oferecer a ela em casa. Eu sempre levava pão, frutas, leite, café quando ia para lá. Mas não contava com aquele imprevisto. O meu intestino era uma reclamação danada àquela hora. Imagine Sandra pelo que passou na noite passada...

Fomos atrás de um lugar conhecido que servisse algo rápido. A Lanchonete Scorpius, no início da Pedro II, era de bom tamanho. O lugar era pequeno e a comida vinha com aquele jeitinho do tempero caseiro.

Após o almoço, ficamos alguns minutos sentados num dos bancos da Praça João Pessoa. Eu me enchia de um sentimento jamais experimentado naquele quarto de século vivido. Sentia que, dali pra frente, Sandra Regina estaria irremediavelmente ligada à minha vida. Sabia que era um sentimentalismo bobo. E daí? Nunca tinha experimentado essa gustação dos abobalhados.

Foi o que eu disse a Sandra ali, com a sinceridade que consegui reunir para a comunicação. Ela riu e falou que não, não acreditava que ninguém amasse outro em apenas vinte e quatro horas. Confessou, porém, que tinha gostado do meu jeito. Me achava diferente.

Ao meio-dia, nos despedimos na parada do ônibus da sua casa. Um beijo demorado e ardente, de chamar atenção. Quando ela entrou no coletivo, gritei que me ligasse ainda àquela tarde, senão eu jurava me matar. O ônibus foi embora com ela sorrindo e balançando a cabeça na desaprovação branda daquelas palavras. Algumas pessoas me olhavam com ar de riso. Tempos atrás, aquilo poderia me deixar encabulado. Agora, não.

Aquela tarde eu produzi pouco e ruim. Me levantava sem parar, ia ao banheiro, à copa tomar cafezinho. Estremecia cada vez que o telefone tocava, queria saber quem estava falando, pra quem era. Não era pra mim, não era Sandra Regina.

O chefe veio me chamar a atenção várias vezes, criticando minha dispersão, perguntando o que eu tinha. Na última vez que ele me abordou fui bruto, disse que não era da sua conta o que eu sentia ou deixasse de sentir. Ele disse que eu baixasse o tom, respeitasse a hierarquia, poderia me punir por isso, principalmente porque eu era novato, ainda no estágio probatório. Não era nada bom na minha situação, já que eu poderia perder o emprego. Eu repliquei mandando que ele fizesse isso, se fosse capaz. Vá tomar nesse cu, pronunciei entre dentes, sem que ele ouvisse. Vendo meu estado de nervos, ele serenou. Estava nervoso, que fosse para casa, não precisava esperar o fim do expediente. Que relaxasse. Amanhã poderíamos conversar com calma.

Desci correndo as escadarias do terceiro andar, sem ao menos agradecer ou me despedir de ninguém. Não ia para casa porra nenhuma. Ia procurar o primeiro amigo que me escutasse aquela história, encher o rabo de cachaça. Do Ponto de Cem Réis, deu para ver o ponteiro do relógio do Lyceu Paraibano se arrastando para as cinco horas da tarde.

Foi então que me retive. E se ela ainda me ligasse dali para o fim do expediente? Que cabeça a minha. Ia retornar e sentar ao lado do telefone até que dessem seis horas. Foram cinco minutos para refazer quase correndo o caminho de volta até a repartição. Quando eu ia entrando no prédio, uma moça gritou o meu nome do outro lado da rua. Voltei-me rápido. Era ela.

Trazia pela mão um menininho e na outra uma mala que mal conseguia segurar. O coração bateu desembestado. O nome "Sandra Regina" saltou num berro de minha boca, e atravessei disparado a rua, aturdido, a buzina de um fusca ganindo, o carro derrapando para se desviar de mim, e a voz rouca do velhote: quer morrer, *féla* da puta?

Perto dela, os olhos desse tamanho, ela também espantada: calma, Moacir, que foi isso? Podia ter morrido.

De qualquer forma, eu ria.

Não, eu não vou morrer agora, tenho uma missão importante a cumprir na terra, recitei, canastrão.

Quis tomar a mala e ela se defendeu.

Que foi que houve? Por que não me ligou?

Você nem imagina. Vamos pra algum lugar. Preciso muito falar com você. Estou sozinha no mundo. Não conto com ninguém.

Peguei a mala e ela desta vez cedeu. Que diabo era aquilo para pesar tanto? Fomos nos arrastando, calados, constrangidos pela emoção, em busca do primeiro banco de praça.

Um desastre. A vida dela tinha desandado de vez. Estava arrasada, sem esperança. Perdera as direções, os prumos.

Quando chegou em casa, encontrou a prima e o marido irritados, impacientes. Ele tinha perdido o emprego no dia anterior. Ao vê-la, trataram-na mal, queriam saber onde ela esteve, que irresponsabilidade, isso era coisa que se fizesse? Ela, também descompensada, reagiu com desaforos, falou que não lhes devia satisfação, era maior de idade.

Resultado: passaram-lhe na cara tudo o que vinham fazendo por ela, chamaram na de desocupada, vigarista, aproveitadora, mal-agradecida. Ela, não os deixando sem resposta à altura, foi convidada a pegar o filho, as coisas, e ir embora dali. Aquela casa não tinha mais lugar para eles.

E ali estava ela. Queria uma orientação minha, a pessoa que mais tinha lhe dado atenção desde que chegara à cidade. Não fosse o filho, já tinha ocupado alguma vaga de empregada doméstica, que mal ou bem, era o que não faltava. Mas era difícil alguém aceitá-la com ele, falava baixinho. O menino, porém, parecia que nem era com ele, entretido com bolinhas de gude no chão.

Em certo momento, cansou-se do que fazia e veio sentar no banco, quietinho ao lado da mãe. De nada reclamava, não pedia atenção. Sandra parecia pouco preocupada com ele. Vomitar os seus problemas era o que importava.

Mas condoí-me do coitado, esquecido ali, reduzido a mero adorno no cenário.

Levantei, me ajoelhei à frente dele.

Como é seu nome?

João Filipe.

Você tem um nome bonito, João.

Quantos anos?

Mostrou a mãozinha espalmada.

Cinco? Tá um rapaz!

A mãe sorriu: quatro, filho. Quatro. Encolhe um dedinho assim, ó.

Eu carregava comigo algumas folhas de ofício num envelope de papel madeira e uma caneta. Passei para ele, que recebeu com alegria. Isso o entreteria por mais meia hora. O que de fato aconteceu. Ficando compenetrado em suas garatujas como se fizesse o trabalho mais importante do mundo.

Sandra queria alguma luz vinda de mim, que eu a ajudasse a encontrar uma creche da prefeitura para deixar a criança durante o dia. Já tinha apalavrado no bairro onde morava uma vaga numa vila de quartos. Começaria a trabalhar ainda hoje mesmo, se quisesse. Era só resolver a situação do filho. Eu a ajudava?

Claro que sim, minha querida. Não tenha dúvida. Fique calma. A gente vai dar um jeito nisso. Só que às seis da noite é impossível. Vocês precisam ir para algum lugar.

É verdade, concordou. Mas o dono da vila não aluga o quarto sem a certeza de um emprego meu.

Vocês podem passar a noite naquela casa de Mangabeira, eu disse.

Oh, Moacir, você faz esse favor?

Claro, e não é nenhum favor, nenhuma caridade.

Você é um santo, ela disse, enquanto levantávamos e segurávamos cada um as mãos de João Filipe, como se já fôssemos uma família feliz

Ela falou santo e pareceu-me ouvir santa. E de imediato me veio a imagem de Santa Luzia com aquele prato na mão e um par de olhos dentro. Uma emoção estranha me invadiu. Algo que eu não reconhecia e me espantava, sei lá.

Não, eu disse. Santo, não. Apenas alguém que já gosta cegamente de você.

Cassiano pegou ar quando lhe contei a história. Até me assustou com a aquela reação. Enquanto eu falava, a cabeça dele não parava de oscilar negativamente, gestos que eram coordenados por muxoxos, interjeições, palavrões, merda, caralho, puta que pariu. Quando concluí, ele não pôde se conter.

Moacir, você só pode ter enlouquecido. Rapaz, você me diz querer morar com uma mulher que conheceu anteontem, e ainda por cima trazendo um filho?

Mas, Cassiano... Eu estou apaixonado por ela, cara. Amando mesmo, acredite. É por pouco tempo, amigo.

Não, nao me venha com essa. Amor, não. Que se sinta atraído, que ela mexa com você, vá lá. Mas amando? Ora, paciência!

Mas é verdade.

É ilusão, Moacir. Que passa na tua cabeça? Rapaz, isso só acontece nos romances.

É o que eu sinto, Cassiano. Seja lá que nome se dê, é forte, é bom.

Tá certo. O que mais você sabe dela?

Só o que lhe contei.

Parece papo furado essa história dela. Procurou checar?

Não, não precisa. Eu confio nela. Sei que fala a verdade.

Mas não custa nada verificar. Ir na casa dessa prima dela.

Não, Cassiano. Tá doido? Ela vai pensar que desconfiei dela. Vai se chatear, ficar triste. Quero começar uma relação bonita, verdadeira, sem cismas, olho no olho.

Se eu fosse você procurava confirmar todos os pontos. Não deixava nada em aberto.

Não, senhor.

Mas não é necessário que você vá pessoalmente. Posso cuidar disso pra você. Há maneiras sutis de verificar uma coisa. Ela nem vai saber.

Cassiano, já tá decidido. Eu acredito nela. Não preciso investigar nada. Que coisa, porra. Não. Sem mesquinharias. Amo Sandra Regina, quero morar com ela, me casar.

Você pode quebrar a cara depois. Antes logo do que breve. Cara, essa mulher pode ser uma boa chave de cadeia. Tô avisando.

Vai tomar no cu.

Que é isso, rapaz? Sou seu amigo. Penso no seu bem.

Eu sei. Por isso tô pedindo sua ajuda.

E quer que eu lhe ceda a minha casa pra você colocar essa moça dentro?

Já está lá. Ela e o menino. Acabei de deixá-los e vim correndo falar com você. Ela não sabe ainda de meu projeto. Pensa que fui procurar uma creche pro filho. Pretende trabalhar de doméstica e alugar um quarto para dormir com ele à noite.

Bem pensado da parte dela. Assim você ganha tempo pra conhecê-la.

Que é isso? Não quero que minha mulher vá ser peniqueira, que vá dormir num muquifo qualquer. Tô falando sério, Cassiano.

Quero acertar minha união com ela ainda hoje. E quero seu apoio nisso.

Moacir, eu sinto muito. Mesmo que quisesse lhe apoiar, não tinha jeito. Você sabe que sou noivo e financiei essa casa pensando em morar nela mais cedo ou mais tarde. Ontem marcamos a data do casamento.

Pra quando?

Daqui a dois meses.

Ótimo. Então ceda até casar.

Não sei, Moacir.

Sacanagem, rapaz. É meu amigo ou não é? Me ceda a casa. Quando precisar, eu desocupo. Não confia em mim? Já lhe faltei com a palavra alguma vez?

Confio, claro. Mas é que a gente tá pensando em fazer algumas reformas até lá, uma pintura, box no banheiro, uma pia legal, melhoria do teto...

Cassiano, você tem que me ajudar. Eu preciso, irmão. Pelo menos por um mês. Enquanto isso eu vou vendo outro lugar.

Tá certo. Um mês. Nem um dia a mais. A gente tem as nossas economias. Vamos começar a comprar os móveis, os eletrodomésticos. Só um mês, hein?

Você é um anjo.

Anjo eu não sei se sou, disse ele. Mas você, tenho certeza que é. Um anjo míope. Quase cego.

SETE

LÁ VEM João de volta, acompanhado do diretor. Tem os olhos inchados e vermelhos. Nunca vi gostar tanto de pingar lágrimas. Não sei onde ele consegue tantas. Parece vício. Sim, porque quem vive a se derreter por tudo não dá nenhuma importância ao ato de chorar. Para mim, o choro é algo muito forte, significativo. Tal é que, depois que me fiz homem, conto as vezes em que chorei. É preciso muita sensibilidade pra distinguir o momento exato de exercitar este potencial. Aí, não há dúvidas. É só observar um choramingas. Quando surge uma situação digna de uma lágrima à sua frente, fica como um pateta.

Minha alegria teve a duração de um pirulito na boca de um pirralho esfomeado. Nem tão cedo me verei livre desta praga. O diretor vem com o braço no ombro dele. E tem para mim um olhar severo. Ao lado, um carcereiro.

Moacir, quero conversar com você.

Sou conduzido à sala dele. Lá, o diretor fala de um jeito que me deixa tocado. Diz que João é um rapaz injustiçado. Durante sua vida tinha suportado o que não merecia. Era um falso à bandeira, tudo bem. Mas o que fazer? Não tinha direito também ao seu lugar no mundo? Por isso não devia ser tratado como um pária. Desde criancinha, João era perseguido, injuriado, agredido em casa, na rua, na escola, pelo simples fato de ter um comportamento diferente do que diziam ser normal. Tudo que era ruim sobrava para ele. Não podia ser assim, meu Deus. Ele mesmo, o diretor, reconhecia não ter sido justo com ele no início. Mas agora estava convencido de que havia uma falha da justiça ali, no tocante à pena imputada a ele. Vinte anos? É demais pelo que fez. Ele mesmo se encarregaria de procurar o Mistério Público, encaminhar um pedido de revisão da pena.

Me pedia para que eu procurasse ser mais compreensivo, que não o tratasse tão mal. Sabia que eu não o tolerava. Mas que eu tivesse calma. Quantas vezes ele tinha me falado isso? Que tivesse calma. Antes do que eu supunha, me veria livre da companhia de João. Que eu me tranquilizasse. Inclusive, o diretor tinha uma boa notícia. Estava faltando alguém na cozinha do presídio e havia falado com João, que aceitou trabalhar lá durante o dia.

E aí, que acha?

Menos mal, eu digo.

Então estamos conversados, não é? Paciência com o coitado. É uma vítima, uma fragilidade. Não merece o que tem sofrido. Só não vê quem é doente dos olhos.

OITO

FAZIA ALGUNS dias que eu não ia em casa. Conhecendo como eu a conhecia, a velha minha mãe estava se matando de apreensão. Mas eu tinha que passar antes no banco e sacar certa quantia da caderneta de poupança. Depois, voltar a Mangabeira levando alguma coisa para Sandra Regina e o filho comerem. Só à tarde é que iria em casa. Depois, resolveria outros negócios ligados à minha união com Sandra. Queimaria o expediente naquele dia e o chefe que se fodesse.

Sandra Regina me deixou um pouco desapontado em relação aos meus projetos. Recebeu com indiferença a minha proposta.

Você é muito bom, me disse. Mas não precisava ir tão longe. Eu não pedia tanto.

Sandra, não compreende? Eu estou louco por você. Quero me casar.

Casar, não. Já me casei um dia. Mais de uma vez é muito.

Bom, isso depois a gente vê. Quero que fique morando comigo.

Mas você nem me conhece.

Conheço. Faz um século.

Não seja doido. Faz dois dias, não cem anos.

Mas é como se fosse.

Bobo.

Não vai me dizer que recusará minha sugestão?

Sei não, Moacir.

Pois bem. Saiba logo. Quero sair daqui a pouco, já de olho em alguns arranjos. Se disser não, cuidarei de outras coisas.

Preciso pensar.

Pense, então. Tem cinco minutos. Vou ao banheiro. Quando voltar, quero sua resposta.

E saí. Já não tinha certeza alguma. Quem sabe eu tivesse me enganado. A gente geralmente só vê o nosso lado quando está amando. Ao amar, ilude-se com a possibilidade de ser correspondido. Cassiano tinha razão. Parece que eu tinha me precipitado. Tudo bem, eu conseguiria uma vaga na creche pro filho dela, podia lhe emprestar algum dinheiro pro aluguel do quartinho e outras despesas. A gente podia talvez namorar, ficar se vendo nos fins de semana. Seria alguma coisa. Tudo bem. Pés no chão, meu amigo. Bastava. Esse ano eu já tivera meus instantes de loucura.

De volta à sala, eu a vi sentada na posição de lótus, perto do filho. Não a encarei nem lhe dirigi palavra alguma. Troquei a sandália de dedo por um tênis, pus um desodorante, ajustei a camisa por dentro da calça, passei um pente no cabelo.

Moacir?

Oi.

Não quer saber minha resposta?

Que é que você acha?

Sei lá. Você tá diferente. Parece que mudou de ideia.

Só tenho uma palavra. Não sou leviano.

Eu aceito.

O quê?

Aceito. Mas afora o problema da moradia, o resto tá de pé, a creche, João Filipe e o meu emprego.

Abracei-a forte. Meu coração dava saltos mortais, tanta alegria.

Brigado, Sandra. Muito obrigado. Não vai se arrepender. Vou fazer você feliz. Pode ter certeza.

Ao ouvir a resposta dela, um flash de alta intensidade pareceu-me explodir as pupilas. Era tanta felicidade que por um momento eu não consegui ver nada.

NOVE

ARRE. AGORA que João tira o dia fora, a cela, mesmo sendo um cubículo, parece uma imensidão. Também não consigo escrever direito, ao contrário do que supunha com ele longe daqui. Parece que eu gostava e não sabia. Ter alguém nos olhando nem que seja um animal irracional, um cachorro que seja, é bom, concluí. Serve para confirmar nossa existência. Não há nada pior no mundo do que não se saber presente.

Tanto pior mesmo. Não adianta espremer a cabeça porque não vai sair nada. E a cada esforço que faço dá uma dor danada no centro do crânio, um corisco que acaba numa pontada no coração, um estremecimento nas maçãs do rosto, relâmpago de lembranças. Me vem à mente a série de maus tratamentos que dispensei a João nesse tempo todo. Confesso que sou perverso quando quero. Ele, quando pisava na bola, sofria comigo.

Na verdade, eu queria muito que ele reagisse, que soubesse caratê, jiu-jitsu, boxe tailandês, me quebrasse de porradas. Mas a gazela atônita só fazia se encolher e depois chorar. Quando o diretor mandou adaptar a pequena despensa para uma cela que servisse a dois presos e me levou para lá não achei bom. Não sei o que ele viu em mim, para cismar de gostar de minha pessoa. Isso é mau para minha cabeça. Insisti com ele que não, não precisava, eu não merecia nenhum tratamento especial, queria ficar no meio dos outros detentos.

Ele disse que sabia o que estava fazendo. Eu era uma pessoa sensível, estudada, e ali naquele meio em pouco tempo tudo iria por água abaixo.

E daí? perguntei. Que é que eu tenho a mais que os outros para merecer essas regalias? Não sou também um contraventor, não tenho dívidas com a sociedade? Então não sou melhor que eles. Além do mais, quantas pessoas com curso superior não mofam em celas superlotadas país afora? Quantas não morrem em massacres policiais nas rebeliões para reclamar das condições de vida? Assim não é justo, seu diretor. Não quero.

Tá decidido, disse ele. Quem manda nessa merda sou eu.

Mal sabe esse diretor que só fez aumentar minha pena. No meio das bestas eu sofreria menos que aqui. Lá, tinha distração, menos tempo para ser infeliz. Para que serve uma sensibilidade que só faz me matar, suscitar arrependimentos? Melhor estar entre os que não querem pensar, para quem de nada vale a noção de ser, tempo e espaço. Se dizem que eles são assim, uns brutos, inumanos, arroto choco da sociedade, melhor para mim estar entre eles. Certamente já teria arriado meu facho, porque ali ninguém me alisaria a cabeça. Quem for fraco que se quebre, quem for forte que se envergue. É a lei da selva, filho. Para se foder. Quem sabe a esta hora eu não estivesse rindo (eles se divertem!), iludido de estar contente. Sim, e em vez de ser corroído por estes conflitos de consciência, eu desse de ombros e perguntasse o que se há de fazer. Dormente de remorsos, o que seria dessa história patética, Sandra Regina, Cassiano, Lúcia, mamãe, Zulmira, Cláudio, os outros, Mangabeira, a repartição, os bares de João Pessoa? Que seria de mim mesmo, nas doses diárias de anestesia para a memória? Desceríamos todos, latrina abaixo, varridos por um balde de água suja e só por remota possibilidade poderíamos renascer na pré-história da miséria humana, seres ilusórios, de tinta, borrão, na letra ilegível de um escritor do terceiro mundo. Antes isso do que a chinica em que vivo. Antes lamentar ferimentos, olhos roxos, dentes quebrados, lábios partidos, o corpo em frangalhos, enfim, ser daqueles a quem as pessoas avistam nas jaulas, de longe, cismados, animais mesmo, do que escorrer as horas nessa prensa de recordações constantes, olhos acesos na noite.

DEZ

MINHA MÃE estava tiririca. Não conteve o alívio quando entrei pela porta.

Por que você faz isso, hein?

O quê, mãe?

Ora, o quê. Sai na sexta e só me chega na quinta da outra semana. Não avisa nada, não manda recado, e a gente fica aqui, sem dormir direito, se levantando a cada latida de cachorro, imaginando tudo que é ruim, tomando remédio de pressão pra não morrer.

Abracei-a, dei-lhe um beijo.

Sai, me deixa. Mata-e-cura!

Oh, minha velha, não se preocupe. Seu filho estava bem, feliz. Estava vivendo.

Estava com alguma *nêga* por aí, não era?

Mais ou menos.

É assim, é o que sempre digo. Só pensa em si mesmo. Na boa e os outros se acabando.

Assumi um tom sério.

Mãe, quero lhe dar uma notícia importante.

Que é?

Vou morar com uma moça.

É mesmo? Já era tempo. Quem é?

Não quis retomar a polêmica de Cassiano e simplesmente disse:
Uma namoradinha. A senhora não conhece.
Novidade. Você nunca me apresentou nenhuma.
Nunca valeu a pena. Mas esta a senhora vai conhecer.
E quando vai ser esse casamento?
Não vai haver casamento. Pelo menos por ora.
Iiih!
É, a gente vai se juntar.
Quando vai ser isso?
Hoje.
Tá brincando.
Não, mãe. Não tô brincando. A gente decidiu.
Por que tão rápido?
Pra aproveitar o gás. Enquanto a gente tá novo.
Você não embuchou essa moça, né, Moacir? Não vai me dizer que vem um netinho por aí...
Que é isso, mãe. Sempre me cuidei. É porque deu na veneta mesmo.
Você tem cada uma.
Pois é. Eu vim pegar o fogão velho que a senhora substituiu. O que levei pra lá não vale nada. Quero ver se Cláudio me empresta a geladeira dele.
O fogão tudo bem. Agora, você sabe como o seu irmão é chato.
Não só ele vai me emprestar a geladeira como vai levar as coisas na caminhonete de frete dele lá em Mangabeira. Por falar no diabo, cadê ele?
Saiu. Disse que voltava daqui a pouco.
No som da casa vizinha, Raul Seixas repetia:

Na arrancada do futuro
Sem nunca pedir arrego
Nos olhos cegos do morcego
Nos olhos cegos do morcego.

ONZE

TODO DIA peço em silêncio para que me esqueçam. Pratiquei um grande mal, sim, e terei que pagar. Que me ponham na conta dos mortos e assim zelem pela memória do que de bom eu fiz neste mundo. Isso é tudo que eu desejo. Parece que recebem a mensagem, cumprindo à risca, para minha satisfação. Pior que a condenação daqueles que não nos conhecem são as recriminações dos amigos, dos parentes: por que você fez isso, nunca esperava isso de você, que decepção e tome-lhe, tome-lhe no lombo. Sumiram todos de minha vida e que favor me fizeram!

Cláudio veio dias desses para saber se eu precisava de alguma coisa. Como não poderia deixar de ser, minha resposta foi negativa. Zulmira, não tenho notícias. Não sei se viva, se morta, se doida. Cassiano também veio. Não falamos. Ficou me olhando um minuto, o corpo sacudido por um choro silencioso, e foi embora.

Um antigo conhecido me encontrou aqui por acaso numa de suas visitas a um parente. Quis conversar. Claro, recebi o de má vontade, mas entre um assunto e outro, sem jeito, terminei baixando a guarda. Na busca difícil da conversa, ele me falou de um fato recente que envolvia a polícia. O tal ex-colega e dois companheiros tinham sido discriminados dos demais homens que bebiam em pé numa das barracas do Mercado Central.

Pelas dez da noite, parou ali um camburão da PM, os soldados desceram e começaram a revistar todo mundo. Pois nem chegaram perto dos três rapazes. Que absurdo. O que esses policiais estavam pensando? Ei, a gente também existe, meu ex-colega sentiu vontade de falar, enquanto eles voltavam à viatura e desapareciam de cena. Que coisa injustificável. No Brasil, como em boa parte do mundo, os policiais possuem uma psicologia muito limitada. Julgam pela casca, pelas aparências. Para eles, o fato de três sujeitos usarem óculos de marca e estarem mais bem-vestidos que os outros já os isenta de qualquer desconfiança de conduta.

Antes de se sentir contente, distinguido, prestigiado, meu ex--colega estava chocado. Qual a verdadeira função desses pobres-diabos? Proteger a sociedade ou reprimir miseráveis iguais a eles que sofrem as mesmas dificuldades, os mesmos problemas nas condições de vida, o mesmo veto a existir com dignidade. Então a gente já sabe a serviço de quem eles realmente estão. Os de cima utilizam os de baixo para se preservar. Parecem cães se devorando ao primeiro "isca!". O pobre é o pior inimigo dele mesmo.

Juntem-se os piores mafiosos do primeiro mundo. Que meganha ousará abordar esses distintos cidadãos? Ao contrário, é capaz de quebrar no cacete o desgraçado que se aproximar deles para pedir um vintém ou acusá-los de alguma prática escusa.

"Qualquer coisa, doutor, é só falar. A gente tá aqui para isso".

E se sentirão o máximo se um desses senhores se dignar a lhes dirigir um aceno gentil.

A polícia, como os advogados e os médicos, são os primeiros sintomas de uma sociedade doente. Mas o remédio nunca está ao alcance de quem precisa.

Naquela noite as outras pessoas não se continham em si de despeito, seus olhares injetavam mesmo certa hostilidade contra os três rapazes. Eles, por seu lado, sentindo-se demais ali, quase pedindo desculpas pela humanidade nesse túnel sem-fim em que não há a menor possibilidade de encontrar no caminho um vaga-lume, mesmo que solitário.

DOZE

FASE NOVA em minha vida. Todo mundo me via de bom humor, sorriso fácil, sem querer morder ninguém como antes. Amava, e proclamava, com orgulho, em todas as direções...

Pedi que Sandra relaxasse quanto à creche pro filho e ao trabalho. Sem pressa, a gente ia procurando um emprego razoável, distribuiríamos currículos, falaríamos com algumas pessoas. Se precisasse sair para resolver alguma coisa, minha mãe poderia ficar com João Filipe. Ele era calminho e ela adorava crianças. Há muito que não tinha uma em casa. Seria como um neto.

Sábado à tarde levamos João Filipe na casa de minha mãe, que realmente se encantou com sua docilidade. O menino não tinha as virtudes das crianças da sua faixa etária. Não mexia nas coisas, não tinha curiosidade, onde o deixassem ele ficava. Era, porém, muito educado, falava tudo de forma articulada, sabia se expressar, era sensível. Parecia um homenzinho. E os adultos adoram constatar seus defeitos nas crianças.

No dia seguinte nós viríamos pegá-lo, aproveitando para almoçarmos juntos, para Sandra conhecerem melhor minha família.

Na noite daquele sábado, tínhamos combinado sair com Cassiano e a noiva. Quem sabe seria o momento de ele dar fim de vez aos preconceitos contra a minha amada e eu conhecer a sua, que só tinha visto uma ou outra vez, rapidamente. Às oito, os dois viriam nos pegar.

Pouco tempo depois de chegarmos ao bar, parecíamos quatro velhos amigos. Todos à vontade, o papo descontraído que ia a reboque, rindo muito. Sandra tinha umas tiradas inteligentes, era ponderada no falar, tudo de forma natural, sem nenhum esforço para agradar. Embora usasse só um vestido preto de malha e uma sandália de dedo, que compramos na véspera, estava radiante. Vez ou outra Cassiano me dirigia olhares de aprovação, sinalizava com a cabeça como a dizer-me ter sido acertada a minha decisão de morar com ela. Um momento ele estendeu-me a mão e apertei-a com fervor.

Que foi? estranhou Sandra.

Nada. Uma coisa nossa, eu disse.

Estão de códigos, segredinhos, é? reagiu Lúcia.

Lúcia me impressionou bastante. E eu a ela, como me disse depois. Era assistente social e natural de São Paulo, tipo liberal, cabeça feita. O que me agradava, sobretudo, era a visão de humanidade que ela tinha. A noiva de Cassiano militara em partidos políticos, prestara serviço em entidades de classe. Enfim, não nos decepcionamos. Sandra já tinha cochichado brevemente suas impressões positivas do casal de amigos. Uma boa moça, um bom rapaz, gente legal.

Mas teve uma hora em que vi que meu amigo não ia se dar tão bem como esperava com aquela dona. Toda vez que eu falava ela me olhava tão fixamente, que eu me encabulava. Eu tirava a vista dela, procurava apoio em Cassiano, em Sandra. Voltava os olhos, lá estavam os dela, o ar de riso, não muito honestos, avaliei. Ih, rapaz. A intuição me advertia, cuidado, homem. Areia movediça, atola bem.

O pior momento foi quando Sandra foi ao banheiro. Lúcia queria fumar. Como não tinha cigarro no bar, pediu a Cassiano que fosse comprar um maço deles. Eu me ofereci, podia ir tranquilamente, sem problemas.

Não. Ele vai, atalhou ela.

Quando o meu amigo saiu, ela ficou mais inquieta. Eu disfarçava, sorria sem graça, fugiram-me todos os assuntos. Dava pra sentir a respiração nervosa dela. Nunca me saí bem com isso. Costumava olhar para o chão.

Você é bem tímido, não é?

Sou. E isso muitas vezes me salva.

Que resposta dúbia. Como devo entender?

Não sei, respondi meio impaciente.

Foi na hora que Sandra Regina ia chegando.

Lúcia não demonstrava o mínimo embaraço.

Que foi, Moacir? Parece chateado.

Nada, Sandra. Nada.

Lúcia tomava ares de indiferença:

Quando você saiu ele ficou assim.

Cassiano também dava as caras.

Puxa, se eu soubesse tinha ido de carro. Andei uns três quarteirões. A camisa ficou ensopada de suor. Parece que eu vim do eito.

Sandra continuava me olhando, atônita.

Em resposta, comprimi sua perna com a minha sob a mesa e ela compreendeu que tinha algo para tratarmos depois. Em casa falaríamos sobre aquilo.

Alguma coisa nos pesaria dali para frente. Demoramos mais uma hora naquele lugar, falando de vários assuntos, mas então sem a espontaneidade anterior. Fomos socorridos por uma explosão do transformador. O blecaute nos forçou a sair.

TREZE

JOÃO CHEGOU e, feito um morto, desabou na cama. Mal olhou pra mim. Cobriu-se cabeça e tudo e em pouco tempo ressonava. Não sei por que me bateu um despeito molestado. Quem esse viado pensa que é pra agir assim comigo? Tem graça. Me deu vontade de acordá-lo a tapas, saber que história era aquela.

Mas me detive a tempo. O infeliz estava passado de cansaço. Pegaram ele pra limão. Com certeza, o pessoal da cozinha, malandro como é, deixou a maior parte do serviço com ele. Essa turma não alisa. Então o coitado não se aguentava em pé no final do dia. Depois, parece que desta vez, ele realmente ficou magoado comigo. Não era sem tempo. Eu já o acreditava sem sensibilidade, nenhum amor-próprio. Quando deu mostras de alguma dignidade, eu tive um choque.

Engraçado é que depois daquele papo com o diretor me bateu uma pena tamanha do praga. O coração deu um aperto, fiquei sem jeito, encabulado do tratamento nada especial que lhe dispensei nesses anos. Desta vez deve estar com raiva de mim. Mas eu nunca quis maltratá-lo. O danado é que o bicho me tira do sério. E esse maldito temperamento que tenho sempre me trai. Me pego fazendo coisas de que nem imaginava ser capaz. Não é à toa que estou aqui.

Chego próximo à cama dele. Dói-me, de verdade. Vejo minha mão deslizando no ar, como uma jiboia, na direção da cabeça do bicho. Me retenho a tempo. Que era que eu ia fazer? Carícia? Volto pro meu canto me censurando. Que é que ele iria pensar?

Disso, porém, eu não consigo escapar: escrevo um bilhete com desculpas e, pela calada, coloco debaixo do lençol dele. Que perdoasse esse monstro que vê tão pouco.

CATORZE

SANDRA TINHA percebido o meu embaraço e eu sentia necessidade de me abrir com ela sobre os nossos momentos recentes, em companhia de meu amigo e de sua noiva. Chegando em casa, eu lhe disse que realmente não sabia qual era a de Lúcia.

Olha, pra falar a verdade, eu estranhei muito a mudança de comportamento dela quando você e Cassiano saíram. Me deu um mal-estar condenado. Um pressentimento ruim que eu não sei bem o que é ou talvez intuísse. Não gostaria de ter muita aproximação com ela, não.

Mas ela disse, fez alguma coisa? perguntou Sandra.

Não. Ou melhor, fez. Não gostei do jeito dela me olhar. Não sei, pode ser só impressão. Mas fiquei muito desconfortável. Talvez seja o sem-jeito de ter ficado pela primeira vez sozinho com ela. Não sei mesmo. Vamos esquecer isso.

Sandra ficou assim, pensativa, mas não deu linha ao assunto. Eu estava muito preocupado.

O que eu decidia? Contava ou não contava a verdade a Cassiano? Não, eu não era besta de fazer isso agora. Para mim, aquilo não foi nada. Faria mesmo de conta que nunca acontecera. Cassiano era um grande amigo. Merecia ser feliz. E eu tinha obrigação de precavê-lo dos perigos que lhe ameaçassem a serenidade. Contudo, era preciso tato. Conhecia-o tinha três anos, mas não previa suas reações numa hora dessas. Pra que jogar no escuro, arriscando sacrificar a nossa amizade? Além do mais, eu já tinha tido duas experiências nesse sentido. Nada agradáveis, diga-se de passagem.

A primeira foi com meu irmão mais velho, Cláudio. Eu ainda estava no exército. Eu havia chegado cansado e só deu tempo de tirar o coturno e a gandola, desabando como um morto na cama. Tudo que eu desejava naquele momento eram muitas horas de sono tranquilo, longe do inferno diário que era a caserna.

Cláudio havia casado tinha pouco tempo. Como o apartamento deles não foi entregue dentro do prazo e não dava mais para adiar o casamento, foi o jeito trazer a esposa para nossa residência. Representante comercial que ganhava por produção, era preciso viajar a serviço, deixando a mulher em casa. Partia-lhe o coração abandonar as núpcias e passar três, quatro dias longe da esposa, sob inúmeros protestos dela, mas aceitava como ossos do ofício. Precisava do dinheiro para pagar as malditas parcelas intercaladas do imóvel.

Um dia, eu tirava o meu ronco gostoso quando, de repente, uma sensação estranha começou a interferir no meu sono. Seria um desconforto da má postura, a fatiga dos treinamentos táticos, um pesadelo? Uma vez agradava, outra era incômodo. Que diabo era aquilo, meu Deus? A coisa me causava estremecimento em todo o corpo. Eu mudava de posição na cama e por um momento parecia cessar. Em pouco tempo recomeçava. Tornava a mudar de posição. Nova trégua. Ah, finalmente. Estou livre, acabou, pensei. Tola ilusão. Lá estava aquilo a me flagelar o corpo, quase o espírito. A repetição daquele movimento sinistro foi me fazendo perder o sono, voltar a mim. O retomar gradativo da consciência ia me dando a sensação de ser apalpado, acariciado. Seria verdade? Sim, era. Não abri os olhos. Tinha medo do que pudesse ser. O coração dava uma série de breques, percussão de *rock 'n' roll*. Duas mãos delicadas deslizavam pelo meu corpo. Começavam no crânio, na parte raspada que contornava a cabeça e iam descendo pela testa, os olhos, o nariz, a boca, o queixo, o pescoço, o peito, a barriga, o umbigo. Desviavam para as coxas, desciam até os pés e refaziam o percurso detendo-se no sexo. Ali demoravam a maior parte do tempo. Meu pau já estava duro quando acordei. Eu o sentia latejar, dar pulos de peixe fora d'água, desesperado. Uma das mãos o prendia, pressionava como para evitar os movimentos, mas ele se debatia assim mesmo, revoltado. Naquele momento, quem me atacava daquela maneira não se aguentou e soltou um gemido, agudo, sonoro, de mulher jovem. Sim, encantadoramente musical. Os lábios macios pousavam num dos bicos de meus peitos. Eu estremecia. O cipó queria dar chicotadas. Eu tinha mesmo terror de abrir os olhos, reconhecer a fêmea que estava ali. Mas suspirava, suspirava longamente, deliciado. Os gemidos agudos dela dialogando com minha respiração sofrida. Mas, não. Meu Deus, não. Ela não ia se atrever. Santa mãe, ela estava mexendo no zíper de minha calça, abrindo a braguilha, retirando o meu membro para fora. Abri os olhos, dei um salto.

Susana!

Ela riu:

Você não vai dizer nada pra Cláudio, vai?

Mas por quê, Susana?

Fogo, sede. Sempre fui louca por um recrutinha e não tive a sorte de namorar um. Você estava irresistível, deitado, o peito nu, a calça verde-oliva.

Não entendo. Vocês casaram praticamente ontem. São jovens.

Já disse. Fogo e sede. Seu irmão é muito devagar.

Francamente!

Virgem! fez ela, apontando meu pênis, ainda do lado de fora, mole, cabeça de galo morto. Que aconteceu com o mastro da bandeira nacional?

Me recompus, sem jeito.

Além de tudo você é cínica.

Vai dizer que não gostou?

Você sabe que não.

Ah, eu sei, eu sei...

Saia daqui, por favor, Susana. Alguém pode escutar.

Não vai contar pra ninguém, né? Cuidado, hein?

E sorria, desenvolta.

Não, eu disse. Não vou.

Contei tudo. Inclusive o nosso diálogo. Nem bem meu irmão regressara, aproveitei uma oportunidade em que ficamos a sós e soltei a língua. Cláudio ficou branco, gaguejou. Depois me pegou pela gola da camisa, me jogou contra a parede.

É mentira sua. É despeito. Inveja, raiva de mim. Você nunca me perdoou porque eu lhe batia quando era menino. Ou foi você que deu em cima dela e foi rejeitado? Quer se vingar agora...

Ora, vá se foder, disse eu retirando num sopapo suas mãos de mim. Se eu quisesse me vingar de você, eu lhe quebrava era no pau, babaca. Agora, sei brigar.

No dia seguinte, Cláudio sumiu. Todo mundo com cuidado, sem saber o que tinha acontecido, correndo a hospitais, necrotérios, delegacias de polícias, prestando queixa de desaparecimento.

A mulher dele me procurou:

Você não foi contar nada pra ele, né?

Vai pra merda, Susana.

Duas semanas depois, recebemos carta dele do Iraque. Era também técnico em edificações e foi recrutado por uma construtora brasileira, viajando para lá. Dizia que não nos preocupássemos, que estava bem. Ia dar um tempo por ali. Mandava ainda um recado para a mulher. Que retomasse a vida sem ele, a relação com ela não lhe interessava mais. Depois mandaria um advogado tratar com ela da separação judicial. Ninguém entendia nada. A família dela rogou-lhe praga, chamou-lhe de viado, ela também fazendo coro, jurando estranhar as atitudes do esposo.

Mas logo me procurava:

Você disse pra ele, não foi?

Disse.

Ah, tratante. Você não tinha prometido?

Minha família nunca teve cornos.

Não demonstrava indignação, não perdia o espírito.

Agora tô sem homem. Você é que vai ficar no lugar dele.

Só se eu fosse doido. O que lhe dá tanta certeza?

Isso! fez ela indicando minha braguilha.

A malandra tinha razão. Nunca permita que a cabeça de baixo fale mais alto que a de cima, dizia meu pai. Eu estava em pleno vigor, puta que pariu. E acabara de passar por um teste de sobrevivência na selva. Brincamos com as duas mãos na cabeça para não perder o juízo. Fizemos de tudo, sem pudor, sem limitações. Depois a gente foi se enjoando e se afastou, naturalmente, como bons animais.

O segundo caso se deu com outro amigo, Euzébio. Esse cabra era mesmo um leso. Em momentos de descontração, os amigos o chamavam de Zé Biu, alcunha de José Severino, nome que por si só carregava uma sina coletiva de sofrimento. E ele levava jeito mesmo. Os fatos justificavam a herança do batismo.

Noivo que nem Cassiano. Mas, veja. Enquanto Euzébio dizia ser a sua escolhida virtuosa, segura, que não cedia de jeito nenhum, sexo só depois do casamento, por trás dele ela desdizia tudo.

Um dia em que eu caminhava na praia com uma amiga, peguei a noiva dele com um senhor negro grisalho na retaguarda do Hotel Tambaú. O camarada tinha a idade para ser o pai dela. Mas devia ser competente.

Caí na besteira de outra vez me meter em assuntos alheios. Quebrei a cara. Rapaz, o homem ficou cego. Partiu para mim com gosto de gás.

Calma, Eu...zébio. Tô dizendo porque sou seu amigo. Minha colega também viu, pode confirmar.

Era corno brabo, bufava pelas ventas.

Então o *féla* da puta me deu um tabefe na cara. Se fodeu. Tomado de ira, revidei batendo-lhe com toda a força num e noutro lado do focinho. Insatisfeito, dei-lhe ainda um pontapé nos testículos e um soco no estômago. Era pouco, considerei depois. Que conversa é essa, pai d'égua? Nunca tive vocação para Jesus Cristo.

Euzébio casou e dias depois passeava com ela nas calçadas, torcendo as fuças quando me via. Corno feliz. Enquanto os olhos dele estavam para um lado, ela se virava para mim com ar de riso, cara de safada. Numa dessas vezes, gesticulei para ela, fazendo-me entender que a esperaria ali, no dia seguinte àquela mesma hora. Comi-a várias vezes no mesmo lugar onde eu a tinha visto com o velho. Tinha achado o máximo a possibilidade de experimentar aquilo com ela, apoiada nas colunas do hotel e eu por trás mandando ver, a água do mar indo e vindo sobre os nossos pés.

Voltando a Lúcia, estava decidido. Propositalmente eu ia me confundir, afogar qualquer certeza, a ponto de considerar a cena daquela noite como um sonho, um bafo de ilusão.

E deu certo. A imagem daquele acontecimento não me perseguiu mais. No domingo, fomos almoçar com minha família. Sandra não desagradou a ninguém. Minha mãe achou-a boa moça; minha irmã, Zulmira, teve demoradas conversas com ela; Cláudio me chamou de sortudo.

Se seu pai estivesse vivo, disse a velhinha, haveria de ficar também contente. Agora você usou a cabeça, meu filho.

Sandra Regina era só risos. Eu não cabia em mim de satisfação. A harmonia reinante. A situação era tão agradável, que nem mesmo de Cassiano me lembrei. O episódio Lúcia parecia apagado. Se Cassiano tivesse que descobrir alguma coisa, mais cedo ou mais tarde isso aconteceria. Disso eu tinha certeza.

Segunda-feira, amanheci bem. Retomei a rotina, agora melhorada. Enquanto eu lia de um lado, do outro tinha Sandra, mais além João Filipe na sua calada presença. Cada momento era pontuado por uma carícia, breve esfregação num cômodo oculto da casa. Não resistindo, a gente se trancava no quarto enquanto o menino via tevê. Famintos, queríamos mais que uma lua de mel; queríamos o conjunto de satélites conhecidos e desconhecidos, todos os favos das abelhas deste mundo.

Ao meio-dia eu estava no trabalho.

E aí, melhorou? quis saber o chefe, sem conter alguma ironia.

Nunca estive tão bem.

As tarefas não concluídas da quinta-feira, as da sexta em que faltei, e as da segunda, estavam empilhadas sobre o meu birô. Mas eu tinha tanta força de viver, tanto entusiasmo que, assoviando, dei conta de tudo antes das cinco da tarde.

O telefone tocava seguidamente, como é comum numa repartição pública. Mas me era indiferente. Não esperava mais nada dele. Tornava-se comum como o som dos passos no assoalho, as vozes dos funcionários, o *tlec, tlec, tetlec, tlec* das máquinas de escrever. Faltando poucos minutos para o fim do expediente, entretanto:

Moacir, é pra você.

Uma pancada de alfaia explodiu no meu peito.

Quem é?

Voz de mulher. Não quis dizer o nome.

Pensei imediatamente em Sandra Regina. O que teria acontecido?

Moacir? (Não, não era ela).

Sim?

Não reconhece minha voz?

N-não... eu disse, indeciso, tentado recordar o sotaque. Não me lembro. Assim no telefone a voz se modifica. Fica difícil identificar.

É Lúcia.

An?

Lúcia, a noiva de Cassiano. Esqueceu de mim, foi?

O coração acelerou, acelerou e brecou. A mão que pegava o aparelho começou a suar, fiquei gago.

O-oi, Lúcia. Tu... tudo bem?

Estava, até lhe conhecer no sábado passado.

Mas o que houve? (Eu, tentando ser desentendido).

Já lhe dei uma dica, disse ela. Você não é bobo, que eu sei.

Ah, Lúcia. Isso não existe.

Quero falar com você.

Certo, certo, disse eu, querendo me livrar dela. Qualquer dia desses a gente pode se ver, tomar um chope.

Agora!

An?

Quero falar com você agora, disse ela, acentuando a última palavra.

Não dá. Tô trabalhando.

Quando você sair.

Não posso, Lúcia. Sandra tá me esperando em casa. Falei que chegava cedo.

Puta que pariu. Por que eu dava tanto espaço para ela agora? Por que não reagi como no sábado, enfastiado, indiferente, fazendo o cacete daquele telefone desligar e deixá-lo fora do gancho, sair voando dali para Sandra Regina? Vai saber!

É simples, disse a professora do diabo. Avisa pra ela que vai se atrasar um pouco. Que tem um problema com um amigo.

Não tenho como, Lúcia. Quero ir correndo pra casa.

Liga pra ela.

Lá não tem telefone.

Tem o da vizinha.

Não sei o número.

Eu sei. Escreve aí.

Cachorra estrategista, eu pensei, enquanto anotava os dígitos num pedaço de papel. Acrescentei ao lado um velho provérbio que meu pai costumava repetir:

"A cegueira quando dá é pela vista".

QUINZE

PENITENCIÁRIA MODELO. Tirei a noite acordado. Cinco e meia da manhã. A caneta fez uma barroca no dedo médio de tanto escrever. E eu queria continuar. Dou, porém, com o sorriso de João dirigido a mim. Com certeza, viu o bilhete. Apesar de tudo, não consigo reprimir um instante de grosseria. Este sorriso de puta me incomoda, me dá uma raiva.

Que é? Tá se abrindo por quê? Viu capim?

Eu li.

E daí?

Não tenho mágoa de você.

Então é um cara lisa. Outra pessoa já teria me matado.

Nunca vou matar você.

Tá bom. Agora, me deixa em paz. Senão quem te apaga sou eu.

DEZESSEIS

COMBINAMOS MAIS cedo, cinco e meia, para eu chegar logo em casa. O chefe ficou olhando o relógio e me olhando, mas não lhe dei a mínima. A gente não pode fazer o jogo desses capachos da administração. Fodam-se com seus horários, magote de carcarás.

Ela me esperava lá embaixo no fusquinha de Cassiano (ou era dela? Sei lá).

Entra aí.

Pra onde a gente vai?

Deixa comigo. Entra.

Tomou o sentido de Jaguaribe, pegou a ladeira do Varjão e tocou para o Cristo Redentor. Entrou num condomínio residencial. Estacionou o carro. Caminhamos a pé, ela sempre procurando me descontrair, rindo, tentando ser engraçada.

Por que a gente não foi a um barzinho, um lugar aberto? Não gosto daqui.

É tranquilo, disse ela. É legal. Você vai ver.

Eu estava impaciente, incomodado com a situação. Arrependido de ter saído com ela. Eu previa uma sucessão de coisas ruins. Ia perder a amizade de Cassiano, o amor de Sandra Regina. Era ser muito canalha me envolver nessa jogada. Eu percebia a armação dela e continuava andando.

Entramos num dos blocos de edifícios, subimos dois andares de um apartamento. Ela abriu a porta, acendeu a luz, entramos. Passou a chave na fechadura.

Senta. Ah, Moacir, relaxa. Cassiano não vai descobrir nada. Nem sabe deste lugar. Tomei emprestado de uma amiga que viajou. Fica à vontade.

Pôs uma música.

Quer tomar um banho?

Não, obrigado. Tomarei quando chegar em casa.

Então eu vou. Não me aguento de calor. Bem rapidinho, tá? Volto num minuto.

Enquanto ela estava no banheiro deu vontade de abrir a porta e sair correndo dali. Cheguei mesmo a ensaiar a intenção várias vezes, mas não fiz. Não sei o que me prendia ali, apesar de toda a minha ansiedade.

Lá voltava ela, num roupão, as coxas grossas à mostra, cheias de carocinhos d'água.

Não quer mesmo uma ducha? O chuveiro tá uma delícia.

Já lhe disse. Vou me embora daqui a pouco.

Mas, pelo menos, fica mais confortável. Tira o tênis, desabotoa a camisa.

Tô bem assim. Fique tranquila.

Que bem que nada. Olha só: você tá suando.

Eu precisava ganhar tempo para uma saída tática.

Acho que vou aceitar o banho.

Pode ir. Tem um sabonete novo e uma toalha limpa lá dentro.

Cometi a idiotice de não fechar a porta do WC, me trancando apenas no *box*. Ao procurar minha roupa, tinha sumido tudo. A diaba tinha escondido. Fui até a sala somente com a toalha à cintura.

Lúcia, minha roupa?

Guardei. Você deixou muito perto do *box*. Tava se molhando.

Então pegue agora, por favor. Quero vesti-la.

Depois. Fica assim mesmo. Senta aqui.

Lúcia, pegue minha roupa.

Agora, não.

Por favor, Lúcia. Assim já é sacanagem.

Que palavra mais forte, Moacir. Que é isso? Sou sua amiga. Vai, senta aqui, disse, indicando a poltrona em frente à sua.

Eu tomava o ar, profundamente, puto da vida, me sustentando para não explodir.

Me sentei.

Vou buscar uma cerveja pra gente.

Eu estava encurralado por um dilema do caralho. Como fazer agora? Era apelar para a boa vontade dela, para o seu bom senso, ou fazer uma besteira, dar-lhe uns tapas, revirar todo o apartamento até encontrar minha roupa. Preferi a primeira opção.

Gosta de *Skol*? fez ela me estirando uma das latas de cerveja que trazia.

Recebi, as mãos tremendo. Chupei todo o líquido em três goles.

Nossa, que sede. Vou pegar outra.

Tomei a seguinte na mesma sofreguidão. Foi buscar uma nova e depois mais uma. A partir dali fui descontraindo. Contraditoriamente, recuperei o autocontrole.

E aí, Lúcia? Que quer conversar comigo?

A gente precisava continuar aquele papo.

Qual? eu disse, mais uma vez desentendido.

Ah, gracinha. Qual foi a única vez que conversamos? Sábado, no bar, os dois casais.

Mas não teve conversa nenhuma que me lembre envolvendo a nós dois, particularmente. Só um mal-estar que nem atino o que seja.

Não mesmo?

Claro que não. Não tivemos nenhuma conversa relevante que me recorde.

Lúcia relaxou na sua poltrona, atirando a cabeça pra trás, abrindo um pouco as pernas, pousando os braços nos apoios laterais. O movimento forçou o *robe* a ceder na altura das coxas, denunciando a ausência da vestimenta íntima. Que buceta linda. Cheguei a ver quase o movimento dos grandes lábios tentando me dizer alguma coisa na sua eloquência lúbrica. Queria ser eleita. Votaria nela?

Eu me dava conta como a noiva de meu amigo era um monumento. A sua estatura acima da média das mulheres do lugar, os cabelos longos e castanhos no nível dos ombros, a tonalidade mel dos olhos, a boca carnuda, os braços roliços, o torneado perfeito das coxas... Quando dei fé, meu cacete estava inchando, guindaste, querendo arrancar a toalha de meus flancos.

Huuuum, gemeu ela, percebendo.

Quis tocar-me, mas me esquivei, ficando de pé. Me sentia ridículo assim, tentando andar, o pau espetando a toalha.

Ao mesmo tempo que muito me fascinava aquele corpo, eu me angustiava porque sabia que não podia fodê-la. Não, jamais faria aquilo com meu amigo. Mulher de amigo é sagrada. Nem uma punheta eu bateria pensando nela. Não sou de trair as pessoas de quem gosto. Comi a ex-mulher de meu irmão, não a mulher. E comi a mulher de um ex-amigo, não de um amigo. As distinções são claras. Com Lúcia não havia condições. Era preciso estabelecer a diferença entre o desejo e a consecução. Apesar de sentir escorrer de mim aquele líquido viscoso, minando sob a toalha, apesar de a pica chorar como uma desgraçada, implorando abrigo, não, não era possível. Eu via Cassiano a um lado, os braços cruzados, esperando ato em falso de minha parte para reagir. Não tinha jeito.

A cabeça de Lúcia, porém, estava noutro andamento.

Moacir, eu lhe quero e você me quer. Não custa nada a gente se curtir, aproveitar a chance de estarmos juntos e a sós, prontos para esta aventura. Você não pode disfarçar e eu tô louca de desejo. Olha aqui, vê: tá deslizando pelas minhas pernas.

Você tem razão, Lúcia. Fisicamente você não me desagrada. Mas você é a noiva de meu melhor amigo. Não pode.

Cassiano não vai saber nunca. Vamos, Moacir. Uma vezinha só. Minha despedida de solteira.

Ele vai saber, sim, se acontecer.

Você é bobo.

Sou, minha amiga. Se ser bobo é respeitar as pessoas de minha estima.

Ela foi ao cúmulo do gesto. Desfez o laço da faixa que pendia o roupão. Estava nua. Meu Deus, que perdição.

A sorte me procurava na hora errada. Que ironia do destino. Sim, porque passei quase dois anos sem ninguém, quase privado de sexo, apelando em última instância para prostitutas da General Osório. Até encontrar Sandra Regina.

Tem também Sandra Regina, Lúcia. Mesmo que você fosse desimpedida, eu não poderia.

Você é muito quadrado. Isso que a gente quer fazer não é traição coisa nenhuma. É só uma questão de querer viver um momento diferente na história de nossos corpos, entende?

Quase sufoquei um riso com aquela lábia manjada.

Ela continuou:

Questão de pele, liberdade no amor, o direito ao prazer. Quero ficar com Cassiano e você com sua Sandra. Não vejo nenhum problema nisso.

A explicação é bonita, eu repliquei. Mas não entra na minha cabeça. Pra mim é traição. Nem Sandra Regina nem Cassiano merecem isso.

Ela segurou o meu braço na altura do punho como se fosse um cacete. Chupava o ar por entre os dentes.

Pois você vai ver eu me masturbar por sua causa.

Achei patético aquilo, mas não reagi. Nunca tinha passado por uma experiência como aquela. Não tive coragem de ser brusco com ela, machucá-la com qualquer movimento que fizesse. Ela estava cega. Fungava, gemia, dizia as loucuras, os vocativos próprios de uma conjunção carnal. Gritava o meu nome como se fosse mesmo possuída por mim. Eu via os seus dedos médio e indicador se introduzirem naquela gruta e voltarem brilhando de umidade. Merda, merda, merda. Não deixava de lamentar o desperdício, a impropriedade na improvisação do pênis.

Só libertou o meu antebraço quando começou a revirar os olhos, caindo com todo o corpo na poltrona.

Eu bendizia a toda hora aquele princípio ético que me sacudiu a tempo contra a parede, cuidado, porra. Abre o olho.

DEZESSETE

JOÃO NOVAMENTE, tentando se aproximar de mim. Pela primeira vez dou corda ao desgraçado. Parece até que eu estava esperando que ele se desse à liberdade. E não é nada cerimonioso. Quer saber a quantas se encontra a história que escrevo.

Mais perto do fim que do começo, minto.

Sabe, se eu soubesse escrever, eu ia fazer também um livro sobre a minha vida, que é, como se diz: um romance.

Toda vida é matéria de romance. Depende de como se conduz a história, a estrutura, os personagens, o manuseio do material da linguagem, a procura dos ingredientes exatos, a pitada de sal.

Mas se depender de mim, retrucou ele, a minha vida não passa de uma frase curta: João da Penha nasceu, sofreu e morreu.

Não precisa viver muito para possuir essa história, eu disse. Basta ter nascido. Ainda assim, um escritor de talento é capaz de dedicar quinhentas páginas ao ínterim de vida de uma criatura dessas. Depende do tratamento, dizem os especialistas.

Fiquei surpreso como pude relaxar a aversão que tenho a ele. Fico aqui falando como estivesse dando uma aula. Chego ao cúmulo de em alguns momentos esboçar alguns sorrisos, olhá-lo nos olhos de forma desarmada. Certamente ficou satisfeito como pinto em bosta com essa mudança da minha atitude, quem sabe alimentando esperanças de uma amizade.

Você tem que escrever minha história.

Hein?

Eu posso contá-la pra você.

A resposta é não. Já lhe disse que não sou escritor. O que tô fazendo tem mais um sentido terapêutico do que artístico. Depois, sua vida não me interessa.

Queria que você me desse atenção, me ouvisse um pouco.

Queria, é? Acho que já lhe ouvi demais. Quebrei um recorde.

Talvez assim você não tivesse tanto ódio de mim.

Chega, João. Porra, vai dormir. Me deixa em paz. Tá me atrapalhando, cacete. Não me faça perder a paciência, como já aconteceu.

Não precisei falar duas vezes. Obedeceu em dois tempos. Deitou-se no seu canto, cobrindo-se completamente. Porém, pela inquietação do corpo, percebo que não dormirá tão cedo. Sei bem o que é isso quando as trevas do sono insistem em não vir.

DEZOITO

DEPOIS QUE soltou meu braço e sentou-se, Lúcia ficou séria, se recompôs, tomou ares de dignidade, me olhou e disse irritada:

Sua roupa tá na mesa da cozinha.

Corri até lá e vesti tudo rapidamente. Ao voltar à sala, ela chorava.

Desculpa, Lúcia. Se tivesse acontecido, eu é que estaria arrasado a esta hora.

Vai embora, ela gritou.

Cheguei em casa depois das nove. Eu tinha tomado banho e chegar em casa assim limpinho depois de um dia de trabalho era, com certeza, motivo de estranhamento. Desci umas cinco paradas antes e corri um quilômetro, caminhando, para desacelerar, uns duzentos metros até a minha rua. O suor corria em bicas. Sandra Regina estava debruçada no portão. Sua cara desanuviou-se ao me ver aproximando.

Que tinha seu amigo?

Problemas particulares, uma coisa lá com a namorada. Arre! Que calor dos diabos.

Então olhei-a com imensa ternura. Abracei-a quase provocando dor, beijei-a com gula, como se quisesse lhe devorar os lábios.

Que ardor, disse ela. Entra. Vai tomar um banho, menino.

Você ia me matar de saudades, disse eu, carregando-a no colo pra dentro.

Naquela noite, amei-a como jamais, talvez, a amaria. Apertamos os olhos e gozamos. E que sabor tinha essa escuridão!

DEZENOVE

MINHA COMPANHIA de cela não dorme um segundo. Se mexe, tosse, tempera a garganta, respira, agoniado.

João?

Hum?

Quer contar a sua história?

Entre os sete ou oito anos João da Penha começou a se trair pela fragilidade e pela delicadeza. A família não aceitava a sua moleza sem igual. As crianças menores batiam nele, sem a mínima ação de defesa. Nas tarefas que exigiam esforço físico, mostrava-se desajeitado, machucava-se com facilidade. O que deixava todo mundo para não viver.

Outra coisa que a princípio parecia ser um bom augúrio, virou depois desespero de causa dos pais: a preferência pela companhia das meninas. Para os maiores, o mal estava em ele incorporar os hábitos das crianças do sexo oposto. Preferia a boneca ao carrinho ou revólver de plástico; o jogo de amarelinha ao garrafão; a brincadeira de ossinho ao "mata" das bolas de gude. Chegava ao cúmulo de brincar de casinha com os meninos fazendo o papel da mãe. Aí não tinha jeito. Tirava a paciência do pai. E apanhava para aprender a ser homem.

Mas até aqui tudo bem. Essas manias não chegavam ainda a tirar noites de sono do pai ou da mãe. Outras os acalmavam dando a entender que aquilo podia ser apenas uma fase na vida do menino.

Quando começasse a ficar entroncadinho, a voz engrossando, certamente se ajeitaria. Acompanhar-se de outros rapazes sérios que lhe servissem de exemplo era também solução possível, aventavam os parentes.

Que nada. Quanto mais crescia, mais se afeminava. A partir de então, entraram numa peleja homérica contra a natureza daquela ovelha transviada, daquele falso à bandeira masculina. Aos dezesseis anos já tinha porte de homem, porém molenga como um cachorro capado. Era preciso dar aspecto de macho àquele rapaz. Então o puseram numa academia de musculação. Mas de que valia isso? De que adiantava parecer *Conan, o Bárbaro*, e não meter medo no anãozinho da *Ilha da Fantasia*?

Não adiantou nenhum artifício para travesti-lo de macho: usar barba, chapéu de caubói, coturno militar, jaquetão... Necas. O esforço o entregava ainda mais. Chegaram a cogitar provocar-lhe uma grande cicatriz no rosto, como naquele filme com Al Pacino, para dar-lhe um aspecto ameaçador. Mas aí quem se apavorou foi João da Penha. Arribou de casa para nunca mais voltar.

Foi trabalhar de cozinheiro num restaurante e se revelou dos melhores, ofício que aprendeu observando a mãe ao fogão. Podia assim alugar uma pequena casa na periferia de João Pessoa e manter a própria subsistência. Ganhava seu dinheiro, poderia ter sua vida sem dar satisfação a ninguém. Início de uma vida feliz? Redondo engano. Começava precisamente aqui a sua *via crucis*.

Nem de longe as pessoas com quem passou a conviver iriam aceitá-lo. Eram achincalhes, brincadeiras de mau gosto, perseguições, agressões físicas, injustiças a perder de vista. O que acontecesse de ruim, aludiam ao boiola ali. No lugar onde morava não podia entrar um colega, e logo concluíam que iam fazer imundícies. As crianças, espelhadas em seus pais, diziam coisas feias quando ele passava.

Um carcereiro passa batendo com a lanterna nas celas. Pausa. Hora de apagar tudo que estiver acesso.

VINTE

NA ÚLTIMA semana eu tinha colecionado fatos extraordinários. Tanto sobressalto, não tinha coração que aguentasse. Quando eu pensava que, a contar daquele ponto, era a serenidade, quando eu tentava enterrar todos os problemas passados e sufocar os que ainda persistiam para viver em paz com Sandra Regina, lá vinha mais confusão.

Eu descia, apressado, as escadarias da repartição, ansioso para chegar logo em casa, antevendo a hora de ter minha amada nos braços, e sabe quem estava lá embaixo me esperando? Cassiano, nervoso, com uma cara que eu nunca tinha visto.

Congelei. Revi num segundo todo o acontecido do dia anterior. Lúcia, em represália, me caluniando para o meu amigo, pondo termo a uma amizade que tanto prezávamos.

Me lasquei, pensei comigo.

Cassiano nem via a mão que eu lhe estendia para cumprimentá-lo. Estava mesmo perturbado.

Puta que o pariu, rapaz. Pensei que você não ia mais descer ou tinha saído por outro buraco.

Que é isso, Cassiano? disse eu, tentando ser engraçado. Só se eu saísse voando pela janela ou...

Preciso muito falar com você, cortou ele.

Dei um gole em seco.

Que cara é essa, amigo?

Ainda tentava forçar a tirada espirituosa que não tinha espaço ali.

Eu diria que são coisas do coração, arrisquei.

Ele, surpreendido:

Como é que você sabe?

Uma furada no peito, o desconforto do riso forçado.

Não sei. Joguei no escuro.

Me chamou para conversarmos em algum lugar. Bem se via que não tinha o menor controle sobre si mesmo.

Oxente, rapaz. Você comprou o carro um dia desses e já tá a pé (eu querendo serenar o tempo).

Eu e Lúcia compramos de meia o fusquinha. Tá com ela. Cada um usa mais ou menos, dependendo da prioridade dos compromissos. E é exatamente sobre ela que quero falar. Vamos.

Novamente eu tendo que incomodar a vizinha que mal conhecia, ter que chegar tarde outra vez em casa. Dali a pouco, Sandra pipocaria comigo.

Fui respirando aliviado. Cassiano disse que queria apenas desabafar com um amigo. Teve um desentendimento com Lúcia na noite passada. Estava sem rumo.

Tudo porque, a pretexto de acertar pormenores do casamento, tinha passado na casa dela. Não tendo ela ainda chegado, decidiu esperá-la. Ela demorou demais. Chegou quase dez da noite. Observou isso sem saber que algum problema a incomodava. Lúcia estava descontrolada. Disse que ele já punha as unhas de fora antes mesmo de casarem, querendo ser seu dono, que ela jamais admitiria possessividade de ninguém, e que nunca sacrificaria sua liberdade por homem nenhum. Gritou que ele já a estava sufocando, sendo pegajoso demais, que não lhe torrasse a paciência... Cassiano, que também tinha os nervos em frangalhos, não deixou por menos. Disse que, se ela via as coisas assim, era melhor pararem por ali para mais tarde não amargarem o arrependimento. E foi embora, sem admitir mais conversa. Ela gritou-lhe atrás que era por aí mesmo e ele falou arre, égua, tá certo, sem olhar para trás.

Por que fiz isso? Sei lá, porra. Passei o resto da noite arrasado. Não dormi um minuto sequer. Hoje não comi quase nada, não consegui trabalhar.

Ele me perguntava o que fazer, que eu lhe desse um pitaco. Que, se fosse seu amigo, o ajudasse. Às vezes, Cassiano confessava, tinha muitas dúvidas a respeito de se seria ou não uma boa ideia casar com Lúcia. Apesar de querê-la muito, via que ela tinha a cabeça muito diferente da sua. Ela o surpreendia sempre, o tirava de si, quando pensava que a conhecia. Ela se dizia avançada do ponto de vista dos costumes, o que ele não apreciava. Cassiano se perguntava se a união deles daria certo: ela, uma mulher de uma região desenvolvida, de outro meio, com outras experiências de vida; ele, um quadradão cujo único avanço tinha sido migrar do sertão para a capital.

Tudo me veio à cabeça. O incidente de sábado e de segunda-feira eram os verdadeiros motivos da irritação de sua noiva. Ele acreditaria se eu contasse? Resolveria a situação? A oportunidade era ou não aquela?

Minha mão descansou no seu ombro, dei-lhe um tapinha no cachaço, sorri.

Calma, amigo. Foi uma briguinha à toa.

Tomara. Ela foi amarga demais.

Você quer a reconciliação, não é?

Só quero. Aquela mulher é maravilhosa. Você precisa vê-la na intimidade. Quer dizer, precisa é modo de falar, viu? disse, tentando fazer graça.

Aposto que você tá morrendo de vontade de procurá-la agorinha mesmo...

Você é um psicólogo da porra, Moacir. Parece que sabe ler a mente da pessoa.

Com essa excitação, meu amigo, quem não saberia?

Que você acha, hein?

Vá embora, rapaz. Que está esperando?

Fala sério?

Vá embora. Coisa mais sem futuro perder tempo com miolo de pote na mesa de um bar.

Você é foda, disse ele, sem nenhum pudor de me beijar na testa.

Cassiano saiu acelerado em direção à parada de ônibus. Fiquei remoendo reflexões. Como amigo, teria agido corretamente? E se ele viesse a sofrer muito mais adiante? Seja o que Deus quiser, pensei. Há também a vez de Pilatos na noite dos tempos.

Peguei as férias que me deviam. Usaria para a minha lua de mel com Sandra Regina. Agora, sim, eu mandava às favas as dores de cabeça. Minhas, dos outros. Trinta dias no bem-bom.

Frequentemente, íamos à praia. Fomos ao interior, a Recife, a Maceió. Deixamos o menino com minha mãe para parecermos apenas dois namorados, no auge da paixão, amarrando o tempo de mãos para trás.

Vez ou outra Sandra me surpreendia positivamente. Sobretudo no terreno das artes. Uma das revelações foi um dia eu vê-la desenhando. O traço era preciso, um bom domínio técnico, apesar de intuitivo. Vibrei de entusiasmo. Que desperdício de talento, eu falei para ela. Que tal um curso de aperfeiçoamento? Eu conhecia alguns amigos que poderiam ajudá-la. Ela, porém, não demonstrava nenhum interesse em levar a sério os seus pendores.

Outra surpresa foi eu descobrir que ela mantinha o hábito da escrita. Aconteceu também nas minhas férias, quando eu tive a oportunidade de estar com ela vinte e quatro horas por dia. Nos intervalos das tarefas domésticas e sempre que a gente se soltava, eu percebia que ela abria um caderninho onde fazia anotações. Um dia em que estava totalmente absorvida, me aproximei. Ela teve um susto, fechando rapidamente o caderno.

O que é? Um diário secreto?

Não, não. É uma historinha besta que eu tô escrevendo.

É mesmo? Minha companheira é cheia de vocações. Artista plástica, escritora...

Quem me dera ser isso tudo. É só passatempo.

Que história você está escrevendo?

A de uma menininha frágil, perseguida pelas pessoas por não conseguir se adaptar ao meio, não fazer o que eles esperam. Gosta de bichinhos: as borboletas, os grilos, os pássaros, as plantas. Adora viver na natureza. Se chama *Flor Miúda.*

Interessante a ideia. Deve dar um bom livro infantil.

Que infantil? Quero uma história para adultos, que provoque reflexão.

Oxente, e criança não pode pensar? Nada impede que você dê roupagem das primeiras idades à história e ela atraia a mulheres e homens feitos. É aí onde está o sentido da obra que se quer abrangente: a simplicidade. Aquilo da canção de Drummond: acordar os homens e adormecer as crianças. Eu diria mais: divertir também, sem alienar.

Essa consciência é importante, disse ela.

Posso ler o que você escreveu?

Não, respondeu, quase num grito. Tá louco?

Por que não?

Tá tudo desordenado. São só ideias, anotações soltas. O grosso é só isso que lhe contei. Não sei ainda o final.

Tá bom. Mas depois você me mostra, hein?

Ela estremeceu. Protegia o caderno contra o peito como se eu fosse arrancá-lo à força. Observei que nada estava escrito na capa. Que era preta.

VINTE E UM

NO AMOR, contou João, jamais acertaria. Só lhe tocavam homens grosseiros e desonestos que apenas queriam o seu dinheiro, que lhe tratavam em seguida como o pior dos animais. João da Penha sabia que era vantajoso ser o que chamam de natureza normal, mas como gostar de mulher, se elas nada lhe diziam? Então ele ia tentando com este, com aquele, para ver se a sorte um dia lhe sorriria. E toda vez dava com a cara na parede.

Se um dia ou outro procurava a família, era um só frigorífico. Mal falavam com ele. Lá fora, fingiam não conhecê-lo. Comungavam da opinião de que seguir aquela vida era infâmia maior que ser ladrão, assassino ou estuprador. João saía chorando. Eles podiam até aceitar num estranho, num cantor, num artista, menos em alguém deles. A bola do mundo precisava girar, casos mais próximos acontecerem para que fossem se acostumando. Não naquele momento.

Tinha ainda um defeito para a sua condição: era tímido. E a coisa mais triste que existia era uma bicha acanhada, disse, sorrindo. Fica ali, sem decidir o que quer, e só se aproxima deles o que há de pior na laia dos cafajestes: bêbados, vagabundos, vigaristas, esses escrotos que querem se dar bem às custas de um fresco. Difícil aparecer uma pessoa digna, como ele sonhava encontrar. Somado a isso, e devido a sua história, tinha o hábito de se isolar dos outros. Aí, era foda, meu bem. Até os outros viados lhe torciam a cara. O que é que essa boneca estava pensando? Onde que era melhor do que nós? João da Penha estava só.

Num desses acidentes de sua vida afetiva, conheceu Diógenes. Teve a impressão de que desta vez lhe vinha a sorte grande. Apesar de bruto, algumas vezes falar alto com ele, lhe bater, costumava passar com o amante momentos maravilhosos. Este, sim, demonstrava lhe querer, nunca lhe pediu dinheiro. Ao contrário, supria a casa de tudo e queria até tirá-lo do emprego. Era também muito ciumento. Isto deixava João da Penha realizado, se sentido gente. Com o calor da pessoa amada, que tudo o mais fosse pro inferno

Na manhã do feriado, o parceiro de joão acordou carinhoso demais para não se estranhar. João da Penha até se assustou. Diógenes encheu-o de cuidados, paparicou-o como um maridinho recém-casado. Beijaram-se, tocaram-se, amaram-se como jamais tinham feito desde que se conheceram. Era tão bom para ser verdade, que João se apalpava, apertava forte o amante para desfazer qualquer névoa de sonho. Tudo acontecia de fato. Chegara enfim o seu tempo de felicidade? As coisas que ouvia, o que vivia concorriam para convencê-lo disso. Diógenes falou pela primeira vez que gostava dele e que não queria perdê-lo. Multiplicaram-se as juras de amor. Planos para o futuro, mudança para um lugar melhor, viagens, progressos.

Mas por que só agora? Seria verdade? Não estava brincando?

Não, disse Diógenes. Cansei de ser um animal, pequeno, cruel. Hoje amanheci querendo mudar. Por que muitos têm tanto e nós temos tão pouco? Nós também somos gente. Por que só eles podem viver bem? Hoje há de começar um novo dia para nós.

Isso. João concordava. Iriam também lutar pelo lugar deles sob o céu de Deus. E seriam felizes. Gostava de ver Diógenes falando assim. Sentia mais força para viver. Como estava contente. Não, não podia ser verdade. Mas, por que não?

Então o parceiro falou que precisava dele para um serviço naquela tarde. Era primeiro de maio, e o restaurante onde João trabalhava, que atendia o público comerciário, não funcionaria naquele dia. Diógenes referiu uma festa na casa de uns grandões no Cabo Branco. Tinha uma tarefa importante lá e queria que tudo ficasse em casa. Claro que João iria ajudá-lo. Quem pretendia melhorar de vida não podia passar um feriado de quina pras telhas.

Na hora combinada, foram à guerra. Como João ia saber que esse trabalho significaria a sua desgraça? Apenas quando estavam a exatos cem metros da residência dos ricaços foi que o parceiro lhe esclareceu a real natureza das funções deles. João quase cai para trás. Estava doido? Não, ele não ia para lugar nenhum. Queria voltar. Tentou se levantar do tronco de coqueiro frente ao mar. No momento tudo era deserto. Só ali e além um toco de gente se mexia. Diógenes deu um berro. Não se fizesse de besta. João começou a chorar. Engoliu soluços com porradas. Que deixasse de frescuras. Era tudo ou nada. Não fosse pisar na bola, senão se fodia. Saiu arrastado pelo outro para o lugar da ação e do começo das trevas.

VINTE E DOIS

ENCONTREI CASSIANO e Lúcia de mãos dadas nas imediações da Lagoa.

Ei, rapaz, tomou chá de sumiço? quis saber ele. Fui várias vezes a Mangabeira e a casa sempre fechada. Perguntava aos vizinhos, ninguém dava notícia. Liguei pro seu trabalho e ninguém sabia informar nada.

Aquele povo é tudo leso. Tava de férias, respondi.

Lúcia estendeu-me a mão.

Brigado pela força que você deu pra gente. O Cassiano me contou.

É bondade dele. Não fiz nada.

Como o cabra é modesto, atalhou. Eu tava desesperado. Se não fosse ele, a gente tava separado ainda hoje.

Que exagero, rapaz. A decisão foi sua.

Cassiano largou a noiva, me deu um abraço.

Um companheirão, Lúcia. É o meu melhor amigo. Ou melhor, nosso. Será seu também.

Já é, disse ela, num tom que me pareceu irônico.

Claro, com certeza, disse eu, isento de inflexões significativas.

Vamos marcar pra sair outra vez, nós quatro. Naquela vez nos divertimos bastante. Sandra é uma figura.

Claro, claro. Qualquer dia a gente combina, desconversei, consultando o relógio.

Apressado, Moacir?

Estou voltando ao trabalho hoje, Cassiano.

Então, tudo bem. Vamos marcar pra sair, pôr em dia o nosso papo.

É, é... A gente vê isso depois. Qualquer dia a gente sai.

Lúcia me olhava com um ar de mofa, superior, se divertindo com meu embaraço.

Quenga safada, pensei comigo. Teu roteiro de cego não terá guia.

VINTE E TRÊS

QUE ESSE João da Penha está pensando? Que o besta aqui vai se tocar com um dramalhão gay? Encontro coisa melhor em Jean Genet. Tinha graça. Qual a dele? Não pode com o pote, não pegue na rodilha. Assuma a dor e o prazer de sua opção, porra. O que tenho eu a ver com isso? Onde eu estava com a cabeça para ficar ouvindo as baboseiras desse pisa em falso?

Ele me olha aliviado e me supõe cúmplice de sua dor e depravação. Quem sabe ousará se dar a mais liberdade comigo, falar de seus desejos, referir mais experiências íntimas, entrar nos detalhes do coito. Vá confiando. Venha, que sei o que você encontra. Dá certinho. Repara se eu vou perder o meu tempo com as angústias de um viado mal compreendido. Arre, que merda. Como me sinto ridículo.

Na verdade, nunca me incomodei com a vida de seu ninguém. Como eu disse, cada um que viva, plante e colha. O tempo que eu tinha mal dava para cuidar de minha própria existência. O mundo seria outro se cada um se encarregasse unicamente de seu destino, de suas contradições. Mas só não venha para cima do papai aqui. Aí, solto a minha matilha. Respondo à altura porque é uma violência a invasão do espaço alheio. Convenhamos. Que é coisa velha, eu sei. Que os antigos apreciavam naturalmente, problema ou solução deles. Se espedacem para lá. Comigo não, ora essa. Nem venha. Como pode um cego servir a outro de guia?

VINTE E QUATRO

FLAGREI OUTRA vez Sandra Regina embebida no azulzinho das letras. Fazia absoluta questão que eu não visse. Também não ficava muito à vontade para falar da história de sua *Flor Miúda*.

Se um dia eu tiver que escrever também uma história, sabe como vai se chamar? perguntei a ela.

Não. Como?

Flor Miúda.

Mas não pode. Assim é plágio. Eu escolhi primeiro.

Por que não? O que impede de duas histórias possuírem o mesmo nome? O conteúdo é diferente. A minha é sobre uma mulher linda e maravilhosa, a quem um homem começou a amar perdidamente a partir do primeiro encontro e a pôs ao seu lado até que a morte os separasse.

Ah, adoro histórias de amor.

Sabe quem é a minha flor miúda?

Não, quem é?

Você.

Eu?

Sim.

Mas eu não sou tão pequena assim. Tenho quase um metro e sessenta.

Fica sendo. Minha adorável flor miúda, disse, cingindo-a nos meus braços.

Ah, Moacir. Você tem cada uma. O amor é mesmo cego.

VINTE E CINCO

EU AMANHECIA com tonturas, uma fraqueza. Se estendia os braços, eles tremiam que nem vara verde. Algumas vezes sou levado à tardinha ao médico do presídio. O diagnóstico é manjado: debilitação devido à subnutrição e ao sono insuficiente. Os mesmos cuidados: calmantes, vitaminas, muito líquido, evitar se contrariar. Perda de tempo. Não posso ficar quieto. O destino de tudo o que me trazem é a rua, pelas grades, ou a privada. Nunca vi coisa mais feia que o ato de comer. A mastigação de maneira estrepitosa ou sem barulho, como faz a gente educada, me irrita igualmente. É quase uma indecência, como pensava o recatado Drummond. E dormir, nem se fala. Tenho medo de abreviar o tempo.

Hoje, ao entrar na cela, dei com João da Penha cheio de sutilezas para se aproximar de mim.

Que é, hein?

Tudo bem?

Só quando eu tiver morrido.

Vixe, vira essa boca pra lá. A vida é doce.

Que vida e que doçura?

Sei lá. Mas eu não quero morrer tão cedo.

Vamos deixar de conversa mole. Vai falando o que você quer.

Tentou sorrir. E é como me insultar. Me tira do sério. Já reparou? Jamais me detive num sorriso de um gay, mas Deus me perdoe:

nunca vi nada mais imbecil e estúpido do que João se abrindo para mim. Aí, já sabe. A mão começa a coçar.

Sabia que você escreve muito bem?

Hein?

Gostei da forma como você escreve.

Não vá dizer que...

O sangue começou a me subir às têmporas, latejando que só a gota, uma náusea subindo do pé da barriga até estalar na goela. A cegueira da raiva vai me dominando.

VINTE E SEIS

SANDRA ERA boa em mexer comigo, me tirar do chão. Quando nos amávamos, ela encontrava uma maneira particular de me arrancar prazer de qualquer parte do corpo. Onde me tocava eu me arrepiava, gemia, saía de mim sendo eu mesmo. Se um dia eu tivesse que acreditar que existem espíritos, outras esferas de vida pós-morte, seria a partir do ato de amar. Com minha flor miúda realmente eu me sentia desencarnar e encarnar seguidamente. Como é mínima nesse momento a fronteira entre vida e morte!

Um fato que incomodava depois era eu não deixar de pensar na morte quando transava com Sandra. Principalmente na hora do gozo. Ela mesma aludia a isso algumas vezes quando se contraía toda, abraçada comigo, e depois relaxava:

Morri. Você é um assassino. Me matou, dizia, num sorriso abandonado.

A gente acabara de ter uma relação dessas. Eu estava estático, o dorso sobre a cama, os braços abertos, o olhar longe, e Sandra, em beijos rápidos, deslizava pelo meu corpo.

Sábado à tarde estávamos novamente sozinhos em casa. Lá fora, alguém batia palmas. Fizemos que não ouvíamos. Sandra abandonou a boca na minha, a respiração como um fio d'água. As palmas persistiam. Fiz menção de querer levantar. Sem desfazer o beijo, ela reclamou que não, num grunhido nasal. Me arranquei de uma vez da cama.

Ah, droga, disse ela.

Cassiano estava lá fora, a cara amarrada. O primeiro pensamento que me veio foi o do acordo que assumimos. Fazia uma semana que o prazo de ocupação da casa tinha expirado. Eu tinha sido negligente e não arranjara outra casa ainda. Ele certamente viera chamar a minha atenção.

Cassiano? Vamos entrando. E aí, amigão, como vai?

Quisera eu poder dizer que vou bem, respondeu.

Pode me chamar de irresponsável.

Por quê? ele perguntou.

A casa. O dia marcado pra eu deixá-la foi sábado passado. Quando a gente se encontrou na última segunda-feira, na Lagoa, eu nem lembrei de me desculpar.

Realmente, disse ele. Quase que eu tocava no assunto. Mas achei chato. Até ontem planejava vir aqui com essa intenção. Era tempo, nós tínhamos combinado. Minha parte estava feita. Faltava a sua. Hoje, porém, mudou tudo. Se quiser, não precisa sair daqui tão cedo.

Oxente, por quê?

Porque eu não pretendo mais morar aqui no começo do próximo mês, como havia dito.

Continuo sem entender. Mudou a data do casamento?

Não.

E então?

Simplesmente não vai haver mais casamento, confessou.

Só assim compreendi as feições de Cassiano. O homem estava destruído. Sua voz, que ao falar tinha um tom alegre, estava agora sem cor, num desalento.

Ah, amigo. Foi só outra crise. Daqui pra amanhã vocês fazem as pazes.

Não, você se engana. Fodeu. Agora é definitivo. Acabamos tudo. As alianças ainda estão aqui, no bolso. Ela me entregou a dela.

Sandra acompanhava tudo ao lado, sem dizer nada. Também estava confusa.

É, mas foi melhor assim, confessou ele. Mais tarde poderia ser pior pra nós dois.

Oh, rapaz. Ainda estou sem acreditar que o rompimento é para sempre.

Mas é, disse ele. Já era.

E despencou num choro de menino.

Me desculpem, me desculpem por isso, falou, envergonhado. Não sei o que será de mim. Só vejo um abismo à minha frente.

Havia um barzinho pouco frequentado na rua detrás e chamei Cassiano para lá. Eu tinha acertado um programa leve com Sandra à noite, deixando a criança na casa de minha mãe. A gente ia ao cinema. Ela queria muito ver *A Inocência do Primeiro Amor*, que eu nem sabia se tinha chegado a João Pessoa. Se sim, era só para agradá-la. Filme de mulher, não fazia meu gênero. Mas fiquei com Cassiano ali mesmo, tomando cana de cabeça, cinquenta graus, que é o melhor remédio para dor de cotovelo.

A cilada armada por Lúcia, de que escapei, se repetiu com outro amigo de Cassiano. Que terminou relatando tudo ao traído. E nem tinha chegado àquele extremo do ocorrido comigo naquela noite no Cristo Redentor. Houve apenas uma insinuação forte da parte dela, um convite para um chope com ele, que tinha achado atraente, coisa e tal. O homem tinha o bucho furado e correu para dar parte ao noivo. Que queimou ruim, saiu espumando de raiva atrás dela. Foi tomar satisfação na manhã daquele dia. Lúcia tinha personalidade e não negou nada. Disse que sim, que aconteceu, que tinha ficado a fim do covarde, que tinha de mais? Aquilo para ela era até saudável. Ele que não pensasse que ao casar a teria só para si, sua escrava. Porque estava enganado. Se lhe desse na telha ter uma pequena aventura com alguém por quem sentisse tesão, não via nada de mais nisso. Ele também podia se dar a essas liberdades quando quisesse. E com certeza ele devia achar natural que um homem vez ou outra procurasse sair da rotina. E por que ela não? Que ele então deixasse de ser careta, patriarcal, possessivo, machista. Era o cúmulo do vício pequeno-burguês.

Óbvio que aquilo tudo deixou Cassiano desconcertado A mim também deixaria. Aquele papo era novo para a gente. Não adiantava queimar os olhos nas teses revolucionárias do pensamento intimista. Não entrava na cabeça da gente essas coisas. Estávamos noutro tempo, noutro ritmo.

Eles nunca haviam tocado naquela natureza de assunto, ou, se o fizeram, não foi de forma tão clara, determinante. E Cassiano decidiu imediatamente. Casar, jamais. Nem mesmo namorados. E pediu a aliança do noivado. Tá doido? Com ele não.

Terminaram sem rancores, entretanto. Nenhuma histeria, beijo de despedida. Cassiano se desculpou, que não lhe quisesse mal. Não estava preparado para tal gênero de experiência. Nem queria estar. E ficaram de conversar depois sobre a divisão dos objetos comprados de meia.

Eu lhe disse que tinha feito bem, que era o que eu faria no seu lugar. Que foi muito lúcida, honesta e madura a forma como ela esclareceu tudo.

Mas como dói, Moacir, reconheceu ele. Tirando isso, ela tinha tudo pra ser a mulher de minha vida. Tem tantos valores de uma pessoa de bem. É uma pena. Sempre falta algo. Podia nem ser muito inteligente, até ser analfabeta. Eu admitia. Porém, com uma cabeça daquelas é muito pra mim. O que ela propõe não me cabe no quengo.

Deus me livre de uma dessas, concordei.

Você foi quem deu sorte, não é? Tá vendo como são as coisas? E eu querendo botar terra na história de vocês. Você foi morar com Sandra dois dias depois de encontrá-la e pareciam se conhecer da eternidade. Eu e Lúcia tínhamos um ano de relacionamento e éramos como estranhos. Essas coisas são engraçadas.

É, às vezes eu fico besta com a minha aventura.

Como é que vocês estão?

Graças a Deus, muito bem.

Meus parabéns. Você é feliz.

Era quase hora de eu voltar para casa, do compromisso com Sandra, mas não podia deixar Cassiano ali, precisando de meu apoio. Ele estava num estado de nervos desgraçado, queria espairecer, encher a cara. O amigo tinha metade do ordenado no bolso, me chamava pra sair, alardeando que queria comer todas as quengas da Rua da Areia. Eu não tinha necessidade daquilo. Vivia em paz com minha flor miúda. Mas ele precisava naquele momento. Corri ao orelhão e deixei um recado pelo telefone da vizinha. Sandra teria que compreender. Não se abandona um justo na selva escura.

VINTE E SETE

ANDEI LENDO a sua história, confessa João na maior naturalidade. Amei, viu? Você arrasa.

Olha no que dá o cabimento. Maldita hora em que dei atenção a esse miserável, pensei.

Filho da puta, esbravejei. Com que permissão, com que direito?

É claro que eu não esperava que ele falasse mais nada. Fechei a mão e a arremessei contra suas fuças, de forma a atingir a boca e o nariz ao mesmo tempo. O impacto fez traque! Achando pouco, arrebentei-lhe contra a cabeça o radinho de pilha que tinha à mão. A sangueira desceu na hora do nariz, da boca, da cabeça. Rapidamente. Não sei de onde tirei tanta força. Ninguém via mais a cara do infeliz. Parecia um ser de outro mundo. Um vermelho só. Agora, era esperar pelo negrume da solitária.

VINTE E OITO

HAVIA TRÊS meses que Sandra e eu vivíamos juntos. Me habituara a ela e ao filho, que agora faziam parte de minha rotina. Em momento algum punha em dúvida o meu amor por ela; porém, como é comum numa relação doméstica, já a tratava com naturalidade, sem os ardores de antes. Era parte de mim, e ninguém se põe a dedicar vinte e quatro horas por dia de atenção a uma perna, um braço, uma orelha, se um deles não doer. Ela também não se surpreendia com a situação, mais experiente que eu nesses assuntos.

Puseram o meu nome na chapa da associação dos servidores e tínhamos sido eleitos para um mandato de dois anos. Nos reuníamos semanalmente mais de uma vez, além das vezes que tínhamos que debater na Central dos Trabalhadores os interesses da classe. Minha vida se resumia a analisar a conjuntura, falar mal do governo, da classe dominante, do capitalismo, do sistema financeiro internacional, lamentar a indisposição de luta do povo, enfrentar os diretores da repartição e ficar nos bares até certa hora da noite prolongando, entre cervejas, as discussões intermináveis. Chegava em casa quando Sandra já dormia.

A disposição dela de procurar um emprego esmoreceu. Só falava num ou noutro momento. Eu dizia que tudo bem, que ela é quem sabia, que o que eu ganhava não dava para ninguém passar fome. Eu achava melhor que ela fosse estudar. Ela dizia que sim, pretendia concluir o ensino secundário. Tinha vergonha de não tê-lo feito ainda.

Quando conversávamos era sobre assuntos corriqueiros como as necessidades domésticas. Sem muito interesse em outros assuntos como a história que ela estava escrevendo.

A rotina não me incomodava em nada. Até me era confortável. Me sentia útil, necessário, me via com uma função importante. Eu não seria tolo de duvidar de minha felicidade. Apesar da distância natural que se impusera entre nós, era bom durante o sono o contato dos corpos mornos. Um hiato, às vezes eu reconhecia, um tanto sombrio.

VINTE E NOVE

O ALARIDO de João da Penha atraiu os carcereiros à nossa cela. Me imobilizaram no momento em que eu acabava de espedaçar o rádio na cabeça do animal, virado no diabo. É o que dá quando não me respeitam e eu posso agir.

O diretor do presídio queima ruim comigo:

Rapaz, francamente, você me decepciona. Isso é coisa que se faça?

Ele mereceu.

Mereceu porra nenhuma. Eu não tinha falado com você? Por que fez isso com o coitado?

Mereceu.

Você é quem merece um corretivo. Quinze dias de solitária.

Não vou ter nenhuma queixa do senhor por isso.

É, desgraçado. Mas você não aguenta nem cinco dias ali nesse estado de saúde. Vai pro isolamento, com os outros presos que esperam uma cela. E se dê por feliz.

Felicidade é dia. Eu quero a noite, disse para mim.

TRINTA

O TORMENTO começou na tarde daquele domingo. Já entrávamos para o quinto mês de convivência. Nunca tínhamos nos desentendido, jamais chegamos a ter grandes queixas um do outro. Sandra não gostava muito que eu voltasse tarde, mas tentava compreender pela nobreza da causa. Eu, por meu lado, tinha pequenas coisas que não aceitava nela, mas dava para colocar na ordem das concessões. O certo é que até aquele domingo eu era feliz e sabia.

Tudo desabou quando bateram palmas no portão. Havíamos chegado da praia não tinha vinte minutos e Sandra Regina preparava uma refeição rápida. Fui ver quem era. Um gordo quarentão, formalmente vestido, estava ali parado, o rosto traindo uma ansiedade.

Boa tarde, disse ele.

Boa tarde.

Regina mora aqui?

Quem? Sandra Regina?

Ele pareceu surpreso com o prenome, mas confirmou, reticente.

É... Essa mesma.

Mora, sim. Por quê?

Gostaria de falar com ela, por obséquio.

Confuso, não o mandei entrar. Fui chamar Sandra Regina. Era a primeira vez que alguém a procurava. Ela não era muito dada a amizades. De forma que nem mesmo mulheres tinham vindo atrás dela até aquele dia. Então aquele tipo esquisito ali, extravagante no vestir e falar, me deixava curioso.

Ela cresceu os olhos quando eu lhe avisei da visita. Quis saber quem era, o que queria. Eu disse que não sabia. Perguntou como era o sujeito e uma faísca de espanto estourou no seu rosto quando descrevi o indivíduo gordo, de óculos, usando traje social.

Não conheço ninguém assim, disse, desmascarada pela emoção da voz.

Isso me deixou apreensivo. Sandra Regina estava perturbada com a notícia.

Por que você não vai perguntar o que ele quer? pediu ela.

Não eram necessários grandes conhecimentos de psicologia para saber que ela tentava ganhar tempo. Bastava observar sua inquietação, o desespero que se contraía na sua cara.

Acho que é mais prático nós dois irmos até lá. O sol tá muito forte e faz um tempão que ele espera.

Essa minha oposição foi como se lhe anunciasse uma sentença de morte. Apesar de não resistir, vi-a quase esboçar uma expressão de súplica. Veio atrás de mim como se alguém a empurrasse. Quando chegamos no terraço, vi o quanto tinha de estranho aquela situação. Assim que viu o homem parado ali na frente, Sandra Regina deu um grito, voltou correndo para o interior da casa, trancando-se no quarto.

Isto me deixou desconcertado. Totalmente. Porém, em vez de ir até ela, preferi tomar satisfação com o gorducho.

Desculpe-me estar perturbando desta maneira o senhor, disse ele. Mas o que me traz aqui é muito sério e envolve aquela madame. Podemos falar sobre isso nós dois então?

Seria bom, concordei, porque não estou entendendo nada até agora. Faça o favor de entrar.

Dispus duas cadeiras no terraço, nos sentamos, e ele se pôs a falar.

Senhor Moacir (porra, o *féla* da puta me tratava pelo nome?), começou ele dizendo. Talvez o senhor não saiba desse problema, mas o que tenho a tratar aqui é um tanto grave.

Espera aí. Como é que o senhor sabe meu nome? Me conhece de onde?

Tenha calma. Vou lhe explicar tudo.

Eu teria preferido que a tarde daquele domingo nunca tivesse existido na minha vida, que aquele homem jamais houvesse saído dos colhões do corno do seu pai, que aquela boca que decretava o meu suplício eterno nascesse apagada em todas as caras do planeta. As palavras-veneno que foram destiladas acabariam por nos intoxicar a todos para sempre.

Conforme o relato do gordo, muito pouco do que me contou Sandra Regina de sua vida pessoal era verdade. Primeiro, ela estava aqui tinha somente seis meses dos quais cinco passados em minha companhia. Quando ela me dizia que estava em João Pessoa em torno de um ano, fazia apenas um mês que tinha chegado. Que não era natural do Rio Grande do Norte e sim do Ceará. E depois, o que era de matar: não era viúva coisa nenhuma. Ela tinha casado há coisa de cinco anos com aquele homem à minha frente, um pastor de uma igreja evangélica e não um pequeno comerciante. Os dois residiam em São Luiz do Maranhão e não em Natal, como ela havia me falado. A mulher que ela dizia ser sua prima era apenas uma amiguinha dela de lá, que veio parar aqui seguindo um artesão.

Para o pastor ter chegado até nós foi um trabalho cachorro da moléstia. Até um mês de desaparecidos mulher e filho, o homem rodou como um doido pela sua cidade, recorrendo à polícia, anúncios nos rádios e nos jornais, escrevendo para os familiares dela no Ceará, Sergipe, Rio e São Paulo. Nada. Contratou um detetive. É claro que pelo raciocínio lógico e os dados que tinha até então, João Pessoa seria uma das últimas cidades em que pensariam procurá-la. Por outro lado, suas economias, mesmo com a ajuda dos fiéis da igreja, eram limitadas para dar mais condições de trabalho ao profissional contratado. As investigações se arrastavam. Já estava disposto a parar por ali mesmo, entregar tudo a Deus. Foi quando, remexendo ao acaso numa caixa de papéis esquecida pela mulher, deu com uma carta da coleguinha dela, endereçada da capital da Paraíba. Foi sopa. Nem precisou mais de detetive. Veio pessoalmente e com jeito conseguiu arrancar dessa outra moça todas as informações necessárias para chegar até nós.

Não era pela ex-esposa que tinha vindo até aqui, que ela não merecia, revelou, mas apenas pelo filho sequestrado. Quanto a ela, na semana seguinte entraria com processo de separação na justiça. A situação não era nada boa para ela porque o que tinha feito era caso de polícia. Além do abandono do lar, o que já lhe tirava todos os direitos. Claro, não havia necessidade de apelar para isso. Mas a justiça saberia reconhecer quem estava certo.

Então procurei testar as palavras daquele que incorporava o anjo de minha perdição. O menino seria a chave de tudo.

O senhor disse que veio pelo seu filho...

Sim, se fosse por ela, a esta hora eu estaria tocando a minha vida lá em São Luiz, na milagrosa paz de Cristo, aleluia!

Como foi que o senhor o registrou?

João Filipe da Silva Bastos. Aqui está a segunda via da certidão de nascimento que tive que requerer depois que ela levou consigo a primeira. E aqui está a minha identidade, na qual o senhor pode conferir a paternidade. Veja a filiação no registro do menino: Carlos Antônio da Costa Bastos e Núbia Regina da Silva Bastos.

Núbia Regina? O senhor falou Núbia Regina?

Sim, é o que está escrito aí, não?

Então tem uma coisa enrolada aqui. O primeiro nome dela é Sandra, e não Núbia, como está escrito no documento.

Trata-se da mesma pessoa.

Não pode ser. O senhor está querendo me confundir.

Nada disso, cavalheiro. O senhor já viu algum documento de identificação dela?

Não. Sempre confiei nela. Nunca tive a menor curiosidade de conferir a identidade.

Pois aí está o seu erro. E eu lhe explico. Ela nunca gostou muito do nome, Núbia, que em latim significa nublada, coberta de nuvens. Algo pesado, um tanto negativo. Então sempre gostou de ser chamada de Regina. Quando o senhor falou em Sandra eu fiquei na dúvida, mas resolvi arriscar, pois isso é bem coisa dela, dissimulada que é.

Apesar de muito confuso, alguma coisa ali conferia. Então a ideia que tive foi colocar pai e filho cara a cara para ver no que daria. Fui pegar o menino. Não estava à vista. Sandra Regina tinha se trancado com ele no quarto. Meu deus, que loucura aquilo.

Sandra (eu não conseguia tratá-la por outro nome), abra a porta. Vamos esclarecer essa situação.

Não, não, gritou ela. Não, não. Ele quer levar o meu filho.

Com licença, Seu Moacir!

O tal Carlos Antônio emburacou também na casa, aproximando-se do quarto.

João Filipe, disse ele. É papai. Tudo bem, meu filho?

Papai? gritou alegre a vozinha lá de dentro. É você, papai? Você não tá no céu?

Não, meu filho. Papai não morreu. Está aqui, vivo. É mentira de quem falou isso.

Mamãe, abre a porta, disse o menino. Quero ver papai.

Não, gritou ela, como uma louca. Seu pai morreu.

Morreu não, mamãe. Ele tá aqui. Quero ver ele.

Esse não é seu pai. É o demônio. É satanás que quer tirar você de mamãe.

Regina, atalhou Carlos Antônio, não diga uma coisa dessa, pelo amor de Deus. Você quer assombrar o menino? É não, meu filho. Quem está aqui é papai.

A criança continuava a insistir para que a mãe o deixasse sair e ela resistia, um e outro chorando. Eu estava perdendo a cabeça, achando aquilo uma palhaçada sem tamanho.

Sandra Regina, abra essa porta, ordenei.

Não!

Isso tá me tirando a paciência. Abra a porta agora.

Não, não! chorava, como se fôssemos matá-la e ao filho.

Fiquei cego. Que é que ela tava pensando? Me preparei para botar abaixo aquela merda de porta. O gordo, porém, me impediu.

Calma. Não precisa isso. Vamos resolver tudo com calma. Filhinho, disse pro menino, papai volta. Pode esperar.

Eu nunca tinha visto Sandra Regina tomar uma atitude igual àquela. Estava sem chão. A falta de maternidade dela e o desequilíbrio emocional eram incompreensíveis. Mais que tudo isso, as verdades recém-reveladas eram chocantes. Não entendia por que ela podia ter feito tudo aquilo e o que a levou a tal. Tinha que existir uma explicação.

Meu maior erro, me confessou o crente, foi ter casado com ela. E deste Jesus vai me perdoar. De outros, não me lembro. Pode fazer uma sindicância. Escute os fiéis de nosso templo, escute os vizinhos, escute a família dela. Sempre dei carinho, amor, nunca deixei faltar nada. Nunca tratei mal, sempre procurei ser indulgente nas falhas que cometia. Isso eu aprendi com o Pai, revelou, erguendo as mãos para o céu. Ela mesma, se tivesse a cabeça no lugar, poderia comprovar pro senhor.

Homem, atalhei eu, não consigo raciocinar neste momento. Tá tudo muito embaralhado. Suas provas e a reação dela me fazem acreditar nas coisas que o senhor me contou.

E não foi tudo, viu?

Não foi tudo?

Não. Mas nem eu nem o senhor temos estrutura para continuar esta conversa. Porém, de uma coisa tenha certeza: vai se arrepender muito da decisão impensada que tomou, abrigando-a, baseado apenas no que ouvia dela mesma. Meu Deus, eu que conheço a família dela, que tive um ano de noivado antes do casamento, fiquei lamentando não poder voltar no tempo. Imagine o senhor quando se inteirar de toda a verdade. Aceite um conselho: deixe essa mulher. Ainda é tempo.

Mas o que tem mais de tão grave a respeito dela?

Já lhe falei. O senhor não tem estrutura hoje para ouvir, nem eu para recordar. Não insista. Se quiser, daqui a algum tempo poderá conhecer o resto da história. No momento, vou me organizar para retomar minha vida em São Luiz. Basta. Agora é com a justiça. Lá, darei entrada na separação oficial e aqui vou constituir um advogado para um processo pela guarda da criança. Depois do que ela fez, não tem nenhuma chance de concorrer contra mim nesta disputa.

Meu Deus, o que era aquilo? me perguntava.

Vou lhe deixar um cartão com meu endereço e telefone, continuou ele. Se achar necessário, entre em contato comigo.

Quis saber de mim o que eu decidiria a respeito do meu relacionamento com Sandra Regina.

Não sei. Nem me pergunte. Não sei mesmo. Preciso conversar com ela quando as coisas assentarem. Tá tudo muito nevoento, coberto de nuvens como o nome dessa mulher que o senhor me traz.

Dei um tempo no terraço da casa depois que ele foi embora. A cabeça parecia um formigueiro. Tentava pensar com serenidade, mas nem a pau as coisas queriam se organizar. Saí também dali, baratinado, em busca de algum galho, alguma ribanceira em que pudesse me sustentar. Faltava-me chão.

A primeira coisa que fiz foi telefonar para Cassiano. Precisava muito de uma palavra amiga. Ele não estava. Tinha viajado a trabalho, um treinamento no Sudeste. Só dentro de quinze dias estaria de volta. Procurei mais alguém na mente, um amigo de infância, um colega de trabalho. Ninguém em que pudesse confiar. Não existia mais ninguém com quem eu tivesse essa relação de cumplicidade. E não gosto de vomitar meus problemas para qualquer um.

Será que não puseram uma bomba-relógio na minha cabeça? Então por que eu ouvia o intermitente segredo do tique-taque no meu ouvido? A que hora dispararia? Bati várias vezes com a testa num poste e por um momento aquietou tudo, os dispositivos foram desativados. Pura ilusão. Mal dei um passo e tudo voltou às funções plenas.

Entrei num bar e pedi uma cerveja. Que veio gelada pra porra. Do jeito que eu gosto. A gente tinha que pegar na boca da garrafa, bem no início, no anelzinho, senão virava pedra. O copo, depois de cheio, se acinzentava por fora. Merda merda merda: com a unha do indicador pude escrever na camada de gelo que se fez fora da garrafa. Mirei aquele líquido mágico: o que você pode me dizer, hein, minha loura insondável? A bebida entalava na garganta de tão fria. Derramei o resto do copo na cabeça e deixei escorrer pela cara, pelo pescoço, até esbarrar na camisa. Em pouco tempo sentia a coriza chegar ao nariz. Espirrava. O resfriado me entretinha, me tirava a dor de pensar.

Voltei com a cabeça mais aliviada. Podia até me dar ao luxo de deixar correr a água dos olhos naquela hora. Ninguém ligaria.

Que nada, rapaz. Peguei uma gripe. Meu organismo era muito fraco. Vez em quando a bicha me pegava.

Quando entrei em casa, Sandra Regina estava no quarto de João Filipe, sentada à beira da cama com ele ao colo. Cheia de razão:

Onde você tava?

Por aí.

Eu sei. Tava de combinação com aquele lá, contra mim, pra tirar meu filho.

Sandra, eu não tô contra nem a favor de ninguém. E não quero falar com você agora. Me dê um tempo, que eu não sei ainda o que fazer.

Eu sabia, eu sabia. Sempre vi. Você nunca gostou de João Filipe. Tá doido que tirem ele de mim.

Isso não é verdade. Nunca tratei mal seu filho.

Mas não gosta dele. Nunca vi você conversar com ele, lhe fazer um carinho afora aquela primeira vez.

Minha amiga, por favor...

Talvez você nem goste de mim também. Nem sei pra que me chamou pra cá. Só queria matar suas necessidades, me usar como depósito de esperma. Me chamou como podia chamar qualquer uma. Qualquer outra quenga servia. Homem é tudo igual.

Naquele instante, até o menino teve um susto. Pela primeira vez gritei com Sandra Regina:

Fecha essa matraca, caralho!

Ela caiu no choro. Deitou-se e, aos soluços, acolheu o menino. Desliguei a luz e saí, trombando com as coisas, sem ver um palmo à frente.

TRINTA E UM

MADRUGADA ALTA, e não tirei o menor cochilo. Voltei à cela depois dos quinze dias no isolamento. Pensei que lá eu arranjaria uma boa confusão, pelo menos uma semana na enfermaria, mas nada aconteceu. Tinha uns cinco caras acusados de estupro e um magrinho que havia espancado a mãe quase até a morte. Todos bem covardões, uns mela-calças. Na certa, já temiam pelo que os esperava em poucos dias. Não me encaravam nos olhos, até queriam ser amigos, me ofereciam cigarro. Soquem no cu, magote de escrotos, eu os provocava. O diretor já os havia prevenido que a situação deles não era das melhores, que ficassem na deles.

Duas coisas agora me assaltam a alma: as recordações do passado e os últimos incidentes daqui. João já estava refeito quando retornei. Nem parecia que tinha sofrido alguma violência. Nenhuma cicatriz nos lábios, o nariz no lugar. Deitado de banda, ao me ver entrar, volta-se para a parede. Os 3x2 da cela parecem uma imensidão. Eu me ressinto comigo mesmo. Porra, cadê tua sensibilidade? Mas eu sou um bom homem, tento me convencer. Nunca fiz nada por mal. A culpa é do gênio que nao consigo conter. Mas não vou aqui pensar como Rousseau, para quem não existem homens maus, tudo é um problema do meio, da educação, do caráter formado, das emoções. Impulsos que se liberam ou se reprimem, dirão outros seguidores. A quem pensam que enganam? O interior do homem é pré-histórico e suas noites de tempestade não deixam sobreviver nenhuma tocha que se acenda.

TRINTA E DOIS

AINDA ESPIRRAVA, quando acordei. Tossia, tossia muito. A ideia de derramar cerveja gelada na cabeça foi uma invenção de jerico. Quando eu tossia, escarrava e minha boca se enchia de um líquido viscoso, transparente e salgado. Dormi na poltrona da sala, apesar de Sandra Regina ter me chamado várias vezes para a cama. Uma noite horrível, cheia de sobressaltos. Já estava acostumado ao fato de ter aquela mulher ao meu lado. Além do mais, a poltrona não era nada ortopédica, o que me fazia tomar a posição de um tatu-bola. Uma noite só de desconforto. Ela também não pareceu ter tido um sono tranquilo. A luz do quarto foi acesa e tive a impressão de instante a instante de ouvi-la chorar.

Na manhã daquela segunda-feira eu não daria plantão na entidade de classe. Eles lá que se virassem. No fim das contas, tudo caía no meu espinhaço. A turma era foda. Só tinha discurso. E eu me lascava. Haviam me identificado como tarefeiro. Eles, os ideólogos, pensantes, propositores, negociadores, fazedores de discurso. Filhos da puta, todos eles. Já começava a encher o saco daquela bosta.

Eu estava um tanto fraco. As mãos tremiam não só pelo lado emotivo da situação que enfrentava, mas também porque eu só tinha feito uma refeição básica no desjejum do dia anterior. Apesar de não ter fome, me sentei à mesa pro café da manhã e procurei comer alguma coisa de sustança. Eu ainda gostava de mim naquele tempo.

Tomamos o café todos, Sandra Regina, João Filipe e eu. Afora ele, que falava a toda hora no pai, aparteado pela repreensão da mãe, não trocamos nenhuma palavra. Porém, ao terminar de comer, disse pra ela:

Quando acabar aí, não faça nada. Deixe tudo como está e vá pra sala, que temos muito pra falar.

Matutei muito até chamá-la para conversar. Eu não podia me separar de Sandra Regina. Não queria. Só precisava de uma desculpa para me reconciliar. Que falasse alguma coisa e explicasse aquilo, se justificasse. Mesmo uma mentira me deixaria aliviado em não ter que romper com ela.

Ela veio até a sala onde eu a esperava. Sentou-se à minha frente. Estava sisuda, mantendo o ar de dignidade. Tinha recuperado o autocontrole. Aquela era a Sandra Regina de que eu gostava. Uma vez serena; outra, descontraída. Detesto as cenas infantis, os histerismos.

Seja o que for que ele tenha lhe dito, começou falando, eu gostaria de também contar a minha história.

É o que eu espero que você faça, Sandra, isto é, Núbia Regina.

Ela tomou um susto, fechou a cara por um momento.

Vi que ele contou muita coisa pra você. Detesto esse nome, disse, trincando os dentes. Sandra era o nome de minha madrinha que morreu um pouco antes de eu me casar. É uma homenagem que faço. Queria muito bem a ela.

Ele me mostrou a certidão de nascimento de João Filipe, revelei. Eu estava então convivendo com outra pessoa?

Você está convivendo com Sandra. Núbia é um nome amaldiçoado, disse ela.

Mas as nuvens trazem a chuva, que é água, vida, algo sagrado, bom para a plantação.

E vem também acompanhada de tragédias, desconfortos, desabrigando as pessoas, replicou ela.

O que você tem a me dizer sobre essas novidades que tornaram o meu domingo um inferno, dona Núbia? provoquei.

Ela foi discorrendo a sua versão e eu serenando, desafogando minha aflição. Disse que nunca gostou dele. De família grande, pobre, foi praticamente entregue ao pastor da igreja evangélica que frequentavam. Mal se formava mulher, menina de doze, treze anos, ele já demonstrava interesse por ela. A família, por sua vez, não achava a hipótese ruim. Esperavam apenas que ela tomasse mais corpo, tivesse mais idade. Seria uma boca a menos para alimentar. O pastor incorporava um homem distinto, sério e, o que era melhor: generoso. Várias vezes os tinha socorrido nos apertos. De forma que um pacto entre eles realizou-se logo. Aos quinze anos a garota já estava prometida. E ai dela se olhasse para outro rapaz.

Casara aos dezesseis com a assinatura dos pais. Melhor que continuasse a passar necessidades com a família miserável. A companhia do camarada foi muitas vezes pior. Vinte e cinco anos mais velho, era ciumento de morrer. Não largava do pé dela, de tudo queria satisfação, não permitia que ela andasse sozinha. E o pior: era um bruto, não a tratava com carinho, era de uma amargura molestada, vivia a humilhá-la com trechos da Bíblia em que era ressaltada a condição de inferioridade feminina. Se contava o que sofria nas unhas do maldito para a família, não encontrava o mínimo apoio. Todos se posicionavam do lado dele. Se ele agia assim, era porque ela tinha errado em alguma coisa, não cumpria o seu papel de mulher casada e séria.

Ele a fez perder o sentido da vida, que mal tinha começado. Tentou suicídio. E ali, mais uma vez, nenhum apoio teve de ninguém. A flagelação veio dobrada. Era coisa de satanás. Como remédio, além dos cultos noturnos, foi obrigada a orar todas as tardes.

Ao dar à luz o menino, o inferno recomeçou. E dessa vez em proporção maior devido às cobranças em relação aos cuidados com a criança. Ele chegou ao cúmulo de espancá-la um dia em que o bebê caiu quando começava a dar os primeiros passos. Outra vez ela pensou em se matar, mas então desistiu porque pegara amor ao filho e não queria que crescesse sem mãe.

Um projeto, porém, colocou na cabeça: qualquer dia ir embora para bem longe daquele homem, da família que melhor seria não ter tido. Tempos depois, tomou coragem. E aqui estava.

A história dela tinha me tocado. Mas por que tinha mentido pra mim? Por que não me contou a verdade desde o começo? Eu a teria amparado da mesma forma.

Um capricho meu, disse ela. Eu preferi imaginar os meus problemas daquela maneira. Me doía ter que falar para alguém. Era assim que eu queria minha história.

Mas esta narração emociona mais do que a outra que você me contou quando nos conhecemos.

Tá certo, tá certo. Caprichos, mecanismos de defesa, como se fala, disse ela.

Minha raiva então se voltou contra o filho da puta do crente. Que era também um escroto, um ladrão safado. Por isso podia exibir a boa aparência, explorando os outros babacas alienados, que todo o mês correm a levar dez por cento de tudo o que ganhavam para encher o cu dele. Maldisse a hora em que Sandra Regina mentiu. Porque se eu soubesse desde o começo das sacanagens do cafajeste, tá aqui que passava nem em frente à minha casa. Só se fosse para voltar de maca.

Se eu a perdoava, não ia mandá-la embora?

Eu te amo, Sandra Regina. Só se fosse para eu me matar imediatamente. Viver sem você? Endoidou?

Também gosto muito de você. Não queria sair daqui.

Agora, uma coisa você vai me jurar: nunca mais mentir pra mim.

Eu prometo.

Tolo, tão tolo eu era. Os olhos que eu tinha não eram para ver.

TRINTA E TRÊS

ENTRA O DIRETOR. Põe paternalmente a mão na cabeça de João da Penha:

Tudo bem, meu filho. O outro movimenta positiva e tristemente a cabeça. Volta-se austero para mim:

Tenho uma boa notícia. No máximo em duas semanas você estará livre de seu incômodo. Aceitaram rever o processo de João da Penha e concordaram que havia injustiça, vício na sentença. De forma que ele está praticamente livre. Cumpriu mais do que devia da pena. Quinze dias a mais, e respire sossegado. Não era isso que você queria? Felicidades. Aproveito também para dizer que estou de saída. Serei promovido. Vou ocupar outro cargo, agora no segundo escalão do governo.

A notícia me pegou de surpresa e em vez de alegria me trouxe tristeza. João se pôs a solfejar uma música antiga, que nem imaginei que ele conhecesse. Não me incomodou desta vez. Ele tinha esse direito. Era *A noite de meu bem.*

TRINTA E QUATRO

UMA SEMANA depois do acontecimento, Sandra, isto é, Núbia Regina da Silva Bastos, recebia uma intimação do juiz. Comparecer em audiência na Vara da Família, Fórum Cível da Capital da Paraíba. Entrou em pânico. Pendurou-se ao meu pescoço, aos prantos.

Moacir, não deixe que tirem meu filho de mim, pelo amor de Deus.

Calma, atalhei. Também não é assim. É só uma audiência. Nem diz pra levar o menino.

Mas ele vai tomar meu filho, tenho certeza. Meu amor, me ajude, eu imploro.

Falei com um colega de infância recém-formado em Direito para acompanhar o processo. Os honorários seriam uma rodada de cerveja toda sexta-feira à tardinha no Pavilhão do Chá. O camarada, que vivia numa pindaíba da gota e era apaixonado por uma loirinha, topou na hora.

Como as sessões entravam em choque com meu horário de trabalho, não pude em nenhum tempo ficar ao lado de Sandra Regina nas vezes em que ela foi convocada. Percebia que ela ficava meio assim comigo, insegura, insatisfeita, mas era o jeito. A chefia da repartição estava intolerante como nunca em razão da agitação política que eu promovia no local de trabalho. Imagina se iam perdoar eu faltar ou chegar atrasado. Pedia sempre a ela que confiasse no advogado. Ela dizia que não tinha a menor fé nele, que o achava enrolado, que o advogado do pastor sempre punha o outro no bolso, que não sabia nem falar direito.

Nosso amor também estava em crise. Nesse período não tivemos nenhuma relação. Sempre que eu me aproximava, ela dizia que não queria, não podia, não estava bem. Até os beijos que eu roubava eram sem gosto.

Eu não via a hora de tudo aquilo acabar, voltar à tranquilidade doméstica, de bem com a mulher com quem sempre sonhei. Não suportava mais aquela distância que a cada momento ia se acentuando entre nós. As palavras sempre num crescendo de amargura.

Finalmente foi marcado o dia da decisão. Naquela oportunidade não pude deixar de segui-la. Sabia que a crise seria grande caso eu falhasse desta vez.

Mal entrei na sala de audiência dei de cara com o tal Carlos Antônio, que me cumprimentou com a cabeça e arqueou as sobrancelhas de maneira amistosa. Fiz que não o tinha visto, o olhar duro, mãos dadas com Sandra Regina. Aquele desgraçado era o responsável pelos desastres recentes em minha vida. Eu estava doido para pegá-lo numa virada. Ele ia ver com quantos socos se quebra um focinho.

Ela tinha razão. Nossa defesa era um fracasso. E, antes de ajudar, minha presença ali só fez piorar a situação. O advogado da outra parte me apontou várias vezes enquanto argumentava. A condição de mulher adúltera, que abandonou o lar e sequestrou o filho pesou muito. A parte contrária apresentou provas que faziam desenhá-la como irresponsável e desequilibrada para ter a guarda de uma criança. Além de ter uma vez tentado suicídio, já tinha sido interna por trinta dias num hospital psiquiátrico, conforme declaração do centro de saúde maranhense que constava nos autos. O que foi decisivo para que perdêssemos o caso. Nem o pastor nem ela tinham me inteirado daquilo. Era o grande trunfo dele. O juiz decidiu. A criança ficaria com o genitor. Sandra teve um escurecimento de vista e precisei ampará-la.

TRINTA E CINCO

A PANCADA do bumbo mudou. Com a saída do diretor que acompanhou a minha permanência aqui, uma carga começou a pesar. O novo gestor do presídio é um tenente-coronel que gosta de circular sempre fardado, ostentando as estrelas nos ombros. Aprecia ser chamado de coronel e não de tenente, o que o rebaixaria. Tratá-lo pela sua real patente desagrada a sua vaidade militar. Esteve aqui uma única vez. Avaliou o espaço e seus ocupantes com um olhar severo, comentando com o agente carcerário encarregado que algumas mudanças seriam feitas. Que não via necessidade de sublocação daquele cubículo, que existia lugar para os presos nas celas coletivas, que na administração dele não haveria privilégios da menor espécie. A pisada do samba é outra, disse ele.

Vendo a pilha de títulos na estante improvisada, perguntou ao carcereiro de quem eram os livros.

São meus, atalhei.

Não me encarou. Apertou as sobrancelhas. Que eram grossas, quase emendadas, como as de Monteiro Lobato.

Os livros serão recolhidos a um espaço próprio, que é a biblioteca da penitenciária. Ordene ao detento que grave o seu nome em cada um deles e os relacione. Um dia, quando ele sair, poderá reavê-los. Nas celas só vou admitir um volume por vez. Precisando, fala com a administração que avaliará a possibilidade de atender.

Por mim, pode ficar lá para sempre. Tanto faz como tanto fez.

Preso folgado, disse ele ao carcereiro. Sei como lidar bem com esses tipos. Aqui, já foi. Ao próximo pavimento!

E saíram.

João, que estava sentado quando da visita do coronel, volta a deitar-se. Aproveitava os últimos dias de convalescença, já que na manhã seguinte voltaria à cozinha do presídio. Aparentava estar muito contente com o alvará de soltura que estava prestes a ser expedido, conforme o antigo diretor havia anunciado antes de se despedir. Ao que tudo indicava, tinha seguido à risca a orientação para que ignorasse a mim e a tudo que me dissesse respeito.

Isso me incomoda como um insulto. Fere, melhor dizendo, como um soco na boca do estômago. Sinto vontade de lhe dirigir a palavra, de ouvir suas perguntas idiotas, sempre retrucadas com soberana grosseria. Não ouso ir além. Olho-o apenas e ele age como se não houvesse ninguém além de si mesmo na cela. Nunca estive tão só a ponto de me sentir incomodado com isso. Agora vejo que a solidão é uma forma cruel de invisibilidade, de cegueira alheia.

TRINTA E SEIS

FOI TERRÍVEL quando a justiça deu ganho de causa ao pastor. Por mais que eu tentasse tranquilizá-la, Sandra Regina não se conformava com a decisão. Gritou que morria e não entregava o filho. E chorava, e insultava a todos: o juiz, o pastor, as testemunhas, mesmo as que depuseram a seu favor, e a mim. Foi inclusive advertida pela autoridade de que poderia ser presa por desacato e que agora ninguém tinha a menor dúvida de seu desequilíbrio emocional.

O juiz falou em determinar um prazo para a entrega da criança ao tutor. Sandra Regina saiu correndo antes que ele terminasse a fala. Quis segui-la. Não sabia até onde ela podia ir naquele estado de nervos.

Por favor, intimou o meritíssimo. O senhor queira ficar. Contamos com a sua colaboração no cumprimento desta decisão. Expedirei o mandado logo na sequência, porém queira se encarregar de transmitir previamente à senhora Núbia Regina o teor da comunicação e tente convencê-la a não contrariar a justiça. Vocês receberão no endereço o documento oficial. Não tolerarei desobediência.

Que filho da puta. Olha a situação em que ele me colocava. Eu colaborando com eles para arrancarem o filho de Sandra Regina. Então o crente veio colocar a mão no meu ombro, com gestos como se gostasse de mim. Sem a menor cerimônia, retirei a mão dali.

Tinha graça. Estava feito morcego, que morde e depois abana? Já disse que não tenho vocação para Jesus Cristo.

Tão logo acabou a sessão, saí dali como quem ia tirar o pai da forca. Minha aflição era tamanha, mas eu precisava dar o passo certo. Minha primeira iniciativa foi tomar o ônibus em direção à casa de minha mãe, onde tínhamos deixado João Filipe. O desespero cresceu quando vi que ela não tinha chegado lá. Todo mundo perguntando, minha mãe, minha irmã Zulmira, João Felipe, cadê Sandra Regina, cadê mainha?

Perdi a cor, o choro quis saltar da garganta. Não sabia. Pensava que ela tinha vindo prali. Todos querendo saber como foi lá, se deu tudo certo.

Ela perdeu a causa, anunciei.

Coitada, mãe e Zulmira, uníssonas.

Fui à procura dela. Ficassem ali com o menino. Se ela chegasse, não a deixassem sair antes de eu voltar.

Onde encontrá-la, meu Deus? Talvez num lugar. A casa da suposta prima, que se descobriu ser apenas colega de escola lá do Maranhão. Lá, eu a conteria. Mas não. A amiga não estava no endereço àquela hora. Vendia bijuteria e outras peças artesanais na Lagoa, junto com o companheiro. Não, nunca mais a tinham visto.

Deu a gota. E agora? Saí sem destino certo. Paciência, paciência. Era o que eu procurava reaver naquele instante. Fui à esquina da Mesbla. Dei um tempo ali, olhando as pessoas passarem. Pouco mais das quatro horas da tarde, vaivém intenso. Fiquei apenas uns dez minutos naquela calçada. Reencontrei alguns conhecidos, pessoas que fazia tempo que não via. Como vai? Bem. Mesmo?

Em seguida minhas pernas me levaram ruas afora. Cine Municipal, Cine Plaza, Ponto de Cem Réis, Duque de Caxias, Praça Aristides Lobo, Agência Central dos Correios, Varadouro, Terminal Rodoviário, Central de Polícia, Cemitério Senhor da

Boa Sentença, Praça da Pedra, Rua da República, Palácio do Governo, Praça João Pessoa, Pavilhão do Chá, Mercado Central, Restaurante Cassino, outra vez a Lagoa. A tarde caía. A Lagoa. Jamais a vi tão viva, tanta luz. Eu ia contornando pela calçada em que as pessoas faziam seu trajeto, olhando os carros passarem, a gente encandeada sem objetivo algum, os meninos cheirando cola e loló, um carro de som convocando a categoria dos comerciários para uma assembleia, passando lentamente pelas paradas de ônibus apinhadas de viventes que sonhavam em voltar para casa. Os mendigos, os cidadãos, vi-os tudo e todos com sede de olhar. Como se nunca os tivesse visto ou veria. E vi mais. Vi o lixo, tanto lixo junto ao meio-fio, a mão das pessoas no nariz, a Lagoa nunca fedeu tanto. Vi uma palha enorme de uma palmeira cair e quase me atingir, atrapalhando o trânsito dos pedestres. Vi uma garça pular para trás, uma mulher esbarrar num homem e os dois perguntarem ao mesmo tempo, rispidamente, se estavam cegos. Vi um vira-latas curtindo sua sarna e rolando na grama, a mão das pessoas no nariz, as caras num esgar ante o fedor da Lagoa naquele dia, as bocas movimentando-se, onde estaria o canalha do prefeito que não fazia merda nenhuma, isto é, só isto fazia. E vi, ah, eu vi! Vi Sandra Regina sentada num daqueles bancos, o corpo ligeiramente inclinado, as mãos esquecidas ao lado, alheia a tudo o que acontecia em volta, o rosto molhado, as pálpebras gordas.

O momento seguinte, porém, eu nunca queria ter vivido. O susto de Sandra Regina ao dar comigo parado quase em cima dela. A súbita sangria do ódio ao rosto, ela se levantando, gritando, a chusma de saliva na minha cara,

me deixa!,

eu querendo acalmá-la, a mão no seu ombro,

que é que é isso, meu amor?,

ela se desvencilhando, saindo correndo, chorando,

mc dcixa!,

eu atrás,

Sandra Regina, espera aí,

ela chorando cada vez mais alto, atravessando a rua sem olhar o movimento, os carros brecando,

quer morrer, desgraçada?,

eu atrás,

Sandra, tenha calma, espera,

a gente esbarrando nos tabuleiros dos vendedores ambulantes e pondo abaixo as mercadorias, sendo esculhambados, ela gritando como eu fosse esfolá-la viva, as pessoas espantadas, nos seguindo com os olhos, eu com medo de ser preso, a vergonha do escândalo, o receio de levar uma camada de pau dos virtuais defensores da moça indefesa, mas sem deixar de persegui-la, passando em frente às Lojas Americanas, tomando a Desembargador Souto Maior, o entra e sai de comerciários no Sesc, cruzando a Dom Pedro I, a Monsenhor Walfredo Leal, a Praça Antônio Pessoa, despencando ladeira abaixo em direção à Bica do Parque Arruda Câmara, onde, na entrada, finalmente consegui alcançá-la.

Segurei-a pelo braço, já muito puto, quase esmagando-o, reinando dar-lhe uns sopapos.

Para, cacete!

Me solta!

Para!

Tá me machucando.

É pra doer mesmo, está escutando? Você me tirou do sério, a minha paciência tá por um fio. Não me faça fazer algo de que vou me arrepender. Agora, calma. E me escuta. Vamos agir como adultos.

E larguei-a, assim, de uma vez, ela quase se desequilibrando na superfície em declive. Fiquei olhando para ela com a cara feia, de censura. Não deu um minuto, ela caiu num berreiro e se abraçou comigo. Era sua maneira de desopilar. Que serenou a mim também, limpando com os dedos as lágrimas que escorriam pelo seu rosto. E como era bom cingir contra mim aquele corpo delicado e macio, constatar vida e emoção nele estremecendo e me fazendo da mesma forma trepidar em menor intensidade. Já era noite. Refizemos o trajeto de volta à Lagoa pelas ruas precariamente iluminadas.

TINTA E SETE

AVISTO JOÃO com um livro aberto e já me armo com meu sentimento de posse, julgando que ele tinha mais uma vez invadido o meu espaço, tocado nos meus objetos. Que as reservas haviam baixado. Que ele deixara de fazer beicinho e a falta de vergonha voltava em boa forma. Logo vi que não. Primeiro porque a determinação do novo diretor do presídio fora cumprida à risca. Levaram todos os volumes que eu tinha ganhado e alguns que tinham trazido da casa de minha mãe. Tinha visto apenas o nome da autora e pensei que fosse *A hora da estrela*, mas era *Perto do Coração Selvagem*. Acervo da penitenciária, certamente. Esse nunca tive nem li. Ele parece ler com interesse, compenetrado. Me desmonto de despeito por isso. Essa pose de leitor experiente que ele toma, as sobrancelhas se apertando, a cara de quem raciocina e compreende o que está lendo. Há emoção que se acende, uma expressão de inquietude aqui, um sorriso acolá. Mosquito com tosse, olha só.

O despeito se converte em admiração, certo orgulho. Ele não era disso. Sei que o hábito se deu por imitação de tanto ele me ver ler, aquela contemplação que me irritava ao cúmulo. Uma sandália voava-lhe na cara e o continha apenas brevemente. Quantas vezes eu não o tinha punido fisicamente quando o pegava tentando ler um dos meus livros. Vejo que em João a resistência o fez vencer. O que em outro poderia ter criado um trauma, uma desistência definitiva, nele persistiu como desafio. Agora é um leitor. A autoafirmação está no rosto dele. Eu vejo. Há grandeza. João é outra pessoa. Uma pessoa maior, parece ele mesmo dizer com os olhos.

Sinto vontade de puxar assunto com ele. Dizer o que sei e o que li sobre Clarice. O ato de entrega à leitura parece um ritual tão sagrado que me contenho. Dou um tempo, volto a observá-lo e, porra, ele vê que eu o considero. O olho é sério, soberbo. Retiro imediatamente a vista dele, encabulado. Mas foda-se. Me decido a falar-lhe. Tempero a garganta. Levanto a mão.

Um carcereiro interrompe. O diretor quer todo mundo no pátio.

Agora essa de reunir todos os presos no pátio. Sou como os velhos vampiros em relação ao dia. O desconforto é grande.

Não gosto de banho de sol, digo. Não gosto de sol.

Não gostava, você quer dizer, corrige o guarda. Quem diz o que você gosta e não gosta agora é o coronel.

Enquanto tomam o banho de sol, ele quer falar para todo mundo, dizer as novas regras, o compasso do zabumba para se dançar no pardo.

TRINTA E OITO

NO DIA marcado para cumprir a sentença, Sandra Regina não se continha de emoção. Mas já tínhamos conversado muito sobre uma atitude serena, que não trouxesse mais consequências. Embora não se dispusesse a reagir, não podia ver o filho sendo arrancando de si. Então combinamos em comum acordo com a outra parte que o cumprimento seria quinze dias depois, em um fim de semana. Nós sairíamos a passeio, deixaríamos a criança na casa da minha mãe, nos despedindo como se fôssemos nos reencontrar na volta. Nesse intervalo, o pastor iria lá e pegava João Filipe. Era uma forma menos dolorosa de sair daquela situação. Menos drama, menos trauma.

Procuramos sutilidades para o impasse, o que na verdade era uma tentativa pouco válida de mascarar um fato. Chegávamos a nos iludir por um momento. Sandra Regina despediu-se do pequeno como de costume, sem muitos fervores. Abraçou-o, beijou-o.

Até a volta, filhinho. Mamãe nunca vai se separar de você. Prometo.

Mas ninguém se enganava. Nem mesmo João Filipe. Já tínhamos falado com ele sobre o assunto, que o pai passaria ali para levá-lo. No entanto, ao voltarmos no domingo à tarde, em vez de irmos diretamente para nossa casa em Mangabeira, Sandra Regina fez questão de passar na casa de minha mãe em Mandacaru. Estava muito ansiosa. Alimentava ainda a esperança de ter acontecido um imprevisto, um acidente com o desgraçado, quem sabe, e ainda rever o seu filho. Lá chegando, não pôde se poupar à cena que queríamos evitar.

Caiu em tal desespero que o pessoal lá de casa e a vizinhança se assustaram. Aquilo me atingia como um murro no estômago, me punha para baixo. Péssimo augúrio para a nossa vida afetiva dali para a frente. Tive medo, muito medo. Minha mãe trouxe uns três copos de água com açúcar. Quanta ingenuidade. Ali, só tarja preta daria jeito. Eu queria consolá-la, ela me evitava. Gritava que a deixássemos. E a pusemos no quarto de Zulmira, onde ficou entregue a seu pranto.

Enquanto minha mãe e minha irmã se ocupavam em comentar a crise da outra, convidei Cláudio para me acompanhar na garrafa de aguardente que eu tinha comprado no caminho. Só aquela cachaça para me amolecer os nervos. Tomamos a pinga sem pressa acompanhando na tevê uma clássica partida de futebol, eu torcendo pelo Botafogo e Cláudio pelo Flamengo. Ao fim de duas horas, Sandra reapareceu na sala me chamando para irmos embora.

Cláudio se ofereceu para nos levar em casa, tão bêbado que não conseguia fazer o quatro. Homem, vamos nessa. Seja o que Deus quiser. O objetivo era chegar logo em Mangabeira. Ter que pegar duas conduções era de matar. O estado da minha mulher era de chamar a atenção. Os três, imprensados na boleia. Quinze quilômetros pela frente.

Quando chegamos, ela não mais chorava. Porém trazia os olhos em outra dimensão. Nada dizia e se torcia evitando que eu a tocasse. E assim transcorreram as horas. Apesar de dormirmos na mesma cama, não aceitava que eu pusesse sobre ela a outra parte do cobertor. Nunca a vi tão hostil quanto naquela noite, que foi uma das mais escuras de minha vida.

TRINTA E NOVE

MISTURADO À gente que nunca tinha visto antes, gente que me assustou ver ali, antigos colegas das primeiras letras, pessoas das ruas da minha infância, um camarada dos movimentos sociais, um ex-companheiro de trabalho, um ou outro que eu conhecia de vista, de pegar ônibus sempre no mesmo horário, um prestamista, um comprador de garrafas, papel e ferro velho que passava semanalmente na nossa rua. Incrível. Parecia que meia João Pessoa estava ali. Os conhecidos também se surpreendiam, cresciam os olhos, falando baixinho o meu nome. Não os reconheci de imediato. Pareciam muito velhos. Me bateu uma angústia sem fim, uma tranca na garganta, uma vontade de chorar molestada. Era um mundo que eu não tinha visto ainda.

À frente o tenente-coronel, os auxiliares no entorno. Falava como diante da tropa de comandados, certo da hierarquia, do seu tamanho e do nosso. Uma massa que se comprimia para olhar o homem. Alguns não estavam nem aí. Tinham vindo pela imposição, mas estavam cagando e andando para o que ele falasse ou deixasse de falar. João usava uma bermuda cortada curtinha, esfiapada onde deveria ter o abanhado, mostrando a popa da bunda. Um gaiato apontou-o para outro que soltou uma interjeição alegre. Começaram os dois a apalpar o viado, que se encolhia, constrangido, e me dirigia um olhar, pedindo ajuda. Em outro momento, eu teria dito: te vira.

Agora não. Retirei João do meio deles com um puxão pelo braço, postando-o ao meu lado. Ah, o macho da bichinha veio socorrê-la, disse o mesmo gaiato. Eu papo os dois, disse ele, arrancando gargalhadas dos pareceiros. Lancei-lhes um olhar de ameaça, que me foi devolvido multiplicado pela corja.

O tenente-coronel temperou a goela.

Silêncio, fecha a boca todo mundo, gritou um xerimbabo ao lado dele.

Escutem todos. E abram bem as ouças pois não costumo repetir o que falo. Por isso sempre sou bem claro, sem meios termos. Em poucos dias à frente desta unidade, encontrei muita coisa errada aqui, muita folga, muito privilégio, e isso vai mudar, ou melhor, já está mudando, doa em quem doer. E não adianta chorar, não adianta ameaça, não adianta cara feia, que isso pra mim é manha. E com manha sei muito bem como lidar. Sou muito diferente de um gestor que me antecedeu que se borrava de medo de pastoral carcerária, direitos humanos, imprensa e o caralho de asas. Quem me pôs aqui sabe disso e foi exatamente por isso que me escolheu. Neguinho bobeou, dança. E quem puxa o samba sou eu.

Num grupo, ao meu lado, um grandalhão escarrou e cuspiu. Vai se enganando, neném, rosnou. Aqui não é lá fora. Paga pra ver.

Quando falava, a língua passava sobre dois dentes podres da parte inferior da boca. Tinha uma orelha encolhida e com cicatrizes. Parecia ter sido mastigada numa briga. As palavras do meliante me encheram de maus agouros, um arranhão sem fim no peito. Aquele diretor estava revolvendo uma carniça que ia feder muito, comecei a concluir. E uma certeza me acudia de que ele não tinha tanto colhão assim como alardeava ter.

Aguardem as instruções para cada caso em suas celas. Isso é tudo. Todo mundo voltando pro seu lugar. Guardas, façam o seu serviço, disse, por fim, aquele que achava que mandava.

A escória foi dispersando, alguns sendo apressados aos empurrões pelo vigor dos seguranças. Os conhecidos que reencontrei despediam-se com a mão e gestos rápidos do indicador na boca, significando que falaríamos depois. O gaiato que afrontei me deu um tapa forte no braço e disse a gente se bate, a gente se bate, ouviu? Eu apenas o encarei, firme, e fiz um sinal positivo de cabeça. João me seguia como um vira-latas medroso que procurasse proteção no dono. Eram minhas boas-vindas, finalmente, àquele mundo obscuro.

QUARENTA

EU PROMETI a Sandra que iríamos à última instância para reaver a guarda de João Filipe. Se fosse o caso, eu pediria a transferência para São Luiz, uma vez que era servidor federal. Lá, se não conseguíssemos revogar a decisão, pelo menos conseguiríamos que Sandra tivesse contato com o filho. Uma visita semanal que fosse era alguma coisa. Isso fez com que ela serenasse um pouco.

Todo dia, porém, ela não saía de meu pé. Queria saber se eu tinha solicitado a transferência, se estava perto de sair. Eu dizia para ela que não era assim. Que demorava. Tinha uma burocracia enorme por trás. Que era preciso o diretor de lá me aceitar e o de cá me ceder. Se não, nada feito. Que, mesmo sem impedimento das partes, o processo iria a Brasília, correr praqui, prali, pracolá, até a publicação no diário oficial.

Sandra se irritava com as explicações. Dizia que eu estava enrolando. Que eu tinha má vontade. Que essa transferência não ia sair nunca. Que eu não gostava do menino, não gostava dela. Aquilo me magoava pra caralho. Eu explodia. Nos desentendíamos pra valer, desgastávamos pouco a pouco a nossa relação. Assim não dava.

A situação ficou insuportável. Depois que João Filipe foi levado eu não tinha mais mulher. Acordava no meio da noite com uma vontade danada, mas não tinha jeito de me aproximar dela, tocá-la, pedir. Muitas vezes nem ao menos ao seu lado eu ia dormir. Ficava na sala, cochilando ou lendo alguma coisa na poltrona e ali mesmo pegava no sono. Como aquilo me consumia. Puta que pariu, eu era doido por Sandra Regina e a via naquele lugar, sob o mesmo teto que eu, notando que cada vez menos me pertencia. Era de lascar o coração.

Os dois nos maltratávamos. A comida, pouco a consumíamos. Fazia-se, dormia um tempo na geladeira, depois ia pro lixo. Perdi peso e percebi que ela afinava como uma lazarina. Nesse período eu bebia muito. Chegava em casa derrubado e não ouvia a cantilena de Sandra Regina. De manhã, saía logo cedo, mal me despedia. E só voltava tarde da noite guiado pelo álcool.

Dois meses a gente nesse clima. Um sábado, pela manhã, ela se apresentou a mim de mala pronta.

Vou embora, disse.

O impacto de trem-bala me arremessou a milhas. A mandíbula enferrujou no susto que eu tive ao abrir a boca. Deu o cão e eu não conseguia emitir uma palavra, querer explicações, relutar, pedir que não fosse. Só meus olhos gritavam, suplicavam, mas isso ela não via porque não me olhava na cara, a cabeça baixa, falando para o chão ou para ninguém. Em seguida foi andando. E meus braços não se moviam para segurá-la. Eu não dava um passo para detê-la. E a via cruzar a porta, descer o batente, o som do portão abrindo e fechando, os passos curtos na calçada, nada mais. Porra, Sandra Regina me deixava. Tempo fechado. Eu estava perdido. Desgraçado. Consegui me arrastar ao portão. Ainda a vi sumindo na esquina. Me segurei para não cair. Fui deslizando até bater a bunda no batente. A vista escureceu. Nada mais.

QUARENTA E UM

GIL SOLDADO era um preto alto e forte. Vivia com a mãe, a poucas casas da nossa em Mandacaru. Tinha uma grande admiração por mim. Elogiava a minha inteligência quando vinha tirar dúvidas nas tarefas do colégio. Cursava ainda o segundo grau, depois que tinha saído do exército. Ao cumprir o tempo de serviço militar obrigatório, Gil ingressou na PM. Saíamos juntos e como eu usasse sempre o cabelo curto, ele me apresentava a quem não me conhecia como oficial de polícia, seu superior hierárquico.

Deixa disso, Gil, eu sempre cochichava. Assim você me deixa encabulado, que oficial que nada. Eu seria soldado raso, como você.

Para mim é como se fosse de alta patente e você não é porque não quer, ele repetia sempre.

Um dia, Gil cismou em me dar aulas de Tae-kwon-do e, num descuido meu, o pé dele bateu na minha cara. Uma dor da gota, eu fiquei alguns minutos estatelado, praguejando, porra, porra, porra, Gil!

Ele quase chorava pedindo desculpas.

Bata em mim, bata em mim, bata em mim, dizia.

Vai te lascar, Gil. Vou lá bater em tu, rapaz.

Outro dia, do nada, Gil me fala ei, Moacir! Se existir um cara que te aborreça, tu fala comigo. Não precisa pagar muita coisa. Só o dinheiro da gasolina. A gente dá um jeito nele.

Na hora eu até pensei em falar o nome do diretor que vivia me enchendo o saco na repartição. Sorte dele que eu afastei a ideia, tá doido, Gil? Eu sei me defender.

Tempos depois, soube que Gil tinha sido preso e expulso da polícia quando desbarataram um grupo de extermínio que vinha atuando na Grande João Pessoa.

Reencontrei Gil num dia de banho de sol obrigatório na penitenciária.

Recordamos um pouco a vida lá fora, os bons tempos da liberdade. Eu olhava para Gil e via o mesmo jeito bonachão, o sorriso fácil de quando eu o julgava um bom homem. Claro, ele perdia muitas vezes a cabeça, quebrava muita gente no pau e só sossegava quando o cabra não podia mais se mexer. Batia em Creuza, com quem foi morar numa casa na mesma rua, mas essa nunca foi flor que se cheirasse. Creuza tinha morado antes com um soldado magrinho e bobo de nome Marcos a quem humilhava publicamente. dando-lhe tapas na cara a propósito de nada. Quando começava a dar gritos nele na rotina doméstica, a mãe dela, que morava ao lado, ainda vinha tirar a sua casquinha no lombo do pobre. Creuza pensou que Gil, com aquela cara de manso, fosse igual ao outro e rasgou a boca. Na primeira discussão, a mãe de Creuza, acostumada, entrou na fogueira e saiu chamuscada. Nunca mais ousou meter a colher naquela panela. Afora isso, nada em Gil traía que a justiça condenou, o matador sangue frio que agia na calada da noite.

QUARENTA E DOIS

MANHÃ TODA desorientado. Não sabia o que fazer e pouco fiz. Me sentei numa poltrona, fora de todas as órbitas. Bateu depois um rói-rói no estômago que me fez despertar e me dar conta de tudo o que estava acontecendo. Não queria comer nada. Precisava de um apoio, um escape, um ombro amigo.

Me lembrei de Cassiano, que há muito não via. Uma maneira pouco estranha de matar saudades. Que importava? Me faria melhor. Pus uma camiseta e me dirigi a um orelhão. Disquei para a casa dele. Não se encontrava. Viajara na véspera para São Paulo, um treinamento em vendas. De volta só em uma semana. Ah, bosta. Cassiano nunca está quando preciso dele. Se foda.

A boca seca, ressaca condenada. Ali estava a razão de eu ter sido tão lerdo pela manhã.

Entrei na primeira bodega, tomei uns rabos de galo e lavei com cerveja. Um cabra ao lado arregalou os olhos dizendo você é doido para fazer uma coisa dessas e eu disse eu quero é me arrombar. Mas cana de cabeça com Cinzano derruba até o tinhoso, avisou. Desgraça pouca é bobagem, respondi. Fiquei zoado como a porra.

Voltei para casa aos tropicões, a cada poste me segurando e dando um tempo para reaver o equilíbrio. Dormi até as sete da noite.

Acordei com uma sensação de vazio e estranhamento, areado que nem mosca em penico escondido debaixo da cama. A cabeça desse tamanho. Uma vontade molestada de chorar. Pior ainda. As lágrimas eram secas e não caíam facilmente. Então remoía aquela bucha por dentro, um aperto desgraçado, querendo brotar um vezo de dar cabeçadas na parede, rolar pelo chão, me morder, gritar até a voz sair de um salto da garganta e não voltar nunca mais.

Mergulhei por uma hora no chuveiro. Tomei dois efervescentes. Liguei o FM. Voltei a deitar. Às nove, me levantei.

O sono acabara e me bateu um pavor de ficar ali trancado. Melhor dar uma saída, um giro pela cidade, ir talvez aos cabarés, me sentar diante de uma radiola de ficha colocando a mesma música de roedeira até o dia amanhecer. Até abusar a freguesia.

Mas não. Pedi parada na Epitácio Pessoa e peguei o ônibus com destino a Cabo Branco. Desci perto do busto de Tamandaré e fiquei zanzando para lá e para cá, na calçadinha, ouvindo o barulho do mar, engolindo iodo, recebendo em cheio na cara a pancada do vento.

Numa barraca adiante, pedi um salsichão com guaraná. Só deu tempo de entrar para sair da barriga. Desembestei para a areia da praia, onde vomitei o que eu tinha e o que eu não tinha no bucho. Mais à frente, tomei uma Coca-Cola. Dizem que serve bem para desentupir pia. E é verdade. Dei um tempo. O mal-estar me deixou. Arrisquei então comer batatas fritas com suco de laranja. Parei um pouco de tremer.

Quase onze, voltei a andar mecanicamente pela calçada, como quem tivesse todo o tempo do mundo. Pessoas que bebiam, conversavam, riam, namoravam. Felizes? Nem elas sabiam. Somos máquinas de viver.

Um carro parou ao meu lado. Um sujeito pôs a cabeça de fora. Me olhou sorrindo. Custei a reconhecê-lo.

E aí, companheiro, fazendo o quê por aqui?

Nada, respondi.

Era um colega do Sindicato dos Bancários. A gente tinha esbarrado algumas vezes nessas manifestações de rua.

Vamos dar uma volta por aí?

Na hora, fiz eu abrindo a porta do carro.

Fomos a uma boate transada em Tambaú. Começamos a beber. Sem ter ainda muita intimidade um com o outro, nos agarramos aos lugares-comuns das pessoas ditas conscientizadas. Àquela hora eu precisava falar. Baixei a macaca no governo, no regime injusto, no capitalismo que deixava as pessoas mais aventureiras, mesquinhas, egoístas, trancadas no seu mundo, embora eu soubesse que a origem do desentendimento, da exploração, do desamor não estivesse necessariamente na fonte de um sistema econômico-social, mas em Sandra Regina. Eu queria desabafar e fiz. Às vezes, o colega pedia que eu diminuísse o volume da voz indignada, a pequena burguesia olhando espantada a nossa mesa. Que grandes revolucionários éramos nós.

Sei apenas que aquilo entretinha a dor que me devorava. Apesar de falarmos sobre política, eu não deixava de dar uma inflexão ressentida à voz. Qualquer pessoa atenta percebia que eu traía uma emoção mais forte.

Você tá arrasado com alguma coisa, não é, companheiro? disse o camarada.

Por quê?

Ora, a gente vê. O rosto, o modo de falar.

Fiquei perturbado. No entanto, não queria falar sobre isso. Para me recuperar do embaraço, disse que ia ao banheiro, sem ter essa vontade de mijar.

Ao sair do sanitário masculino e passar próximo à pista de dança, quem eu vejo? Lúcia, a ex-noiva de Cassiano, num bate-estaca com uma turma. Me aproximei, mas não a abordei. Fiquei também dançando para que o encontro parecesse casual. Ela teve um susto quando me viu quase encostado. Abraços, beijinhos. Não conseguíamos ouvir o outro. Era preciso que falássemos ao ouvido e aos berros.

Que surpresa você por aqui.

An?

Você aqui. Que novidade é essa?

Pois é.

Cadê a Sandra?

Não quis vir.

Levei ela à minha mesa. Apresentei-a ao colega. Conversamos sobre trivialidades, coisas genéricas. Começou a tocar uma música lenta. Chamei-a para dançar, deixando minha parte da conta para o caso de eu não voltar mais ali. O que de fato aconteceria.

Na pista de dança, amassei Lúcia contra o meu corpo com tal sanha que ela estranhou, olhando para mim com aqueles olhos grandes em que se confundiam malícia e surpresa.

Que é que tá havendo com você, hein?

Tudo, respondi.

Não, sério. Sem brincadeiras.

Ao ritmo da música, eu roçava minha virilha na dela e meu pau começava a crescer. Ela me olhava outra vez com aqueles olhos gostosos.

Menino!

Que foi?

Você sabe.

Abracei-a ainda mais forte sem conter um suspiro. Além de tudo eu estava carente como um miserável.

Tá acontecendo alguma coisa, disse ela. Você não é assim.

Tem certeza?

Essas mulheres são foda. Sacam tudo. Percebi que ela sabia mais. A verdade ali tiraria o meu tesão.

Que é que tá havendo, hein? Cadê a Sand...

Num bote, eu abocanhava aqueles beiços gordos e amorangados.

Moacir, já me perguntou se eu quero trepar agora com você? disse ela quando o táxi tomava a estrada de Cabedelo na direção de um motel.

Não.

Caiu numa gargalhada, superior.

Caralho. Era a sua hora da vingança. Ela não reagia, mas fazia corpo mole. Dava as suas cutiladas. Mas não. Ela não ia tirar a minha vontade.

Entramos numa suíte. Cara pra porra. O dinheiro que ia sobrar não daria pro táxi da volta. Maldita hora em que eu não tirei pra Mangabeira mesmo. Não, nunca. Eu brocharia da mesma forma se levasse ela para comer na cama em que dormia com Sandra.

Ela não colaborava em nada. Em todas as suas ações, fazia questão de se mostrar involuntária. Bateu um nervoso, um receio. Um medo da gota de fracassar. E o que eu sentia ali não era mais vontade de meter, mas necessidade de afirmação. Demonstrar que podia dar a volta por cima naquela prova.

Lúcia não tinha nenhuma reação ao me ver despi-la. Porém, me olhava com aquele jeito de quem diz: se você acha que tem esse direito, vá em frente. Confesso que me constrangia tudo acontecer daquela forma. Era desconfortável. Eu tinha vergonha, desejo de voltar atrás, sair dali correndo. Mas já era problema de honra, ir até o fim.

Eu contemplava outra vez as formas generosas de seu corpo, minha mão deslizando por aqueles lugares, os peitos, as coxas, a bunda, a buceta. Eu me livrava de minhas roupas com precipitação, desespero. Ela me olhava. Um riso de mofa se contraía num dos cantos da boca. Ela olhando o meu pinto. Mais encolhido que um balãozinho murcho. E não falávamos nada. Parecia mais uma estranha competição.

Eu me pus a chupar-lhe os peitos, beijar, morder a boca inerte, as maçãs do rosto, o pescoço, a lamber os olhos, as orelhas. Contornei e abracei seu corpo por trás, machucando os bicos dos peitos com o alicate dos dedos, socando o maior de todos na sua buceta que, de tão enxuta, rangia, roçando o cacete, que não subia, na sua bunda. Fui me abaixando, lambendo suas costas, mordendo, cheirando cada banda do trasciro, enfiando o nariz ali no meio, sugando o leve odor, agora acocorado de costas para ela, exercitando um talento de contorcionista, o corpo caindo para trás, empurrando a cabeça entre as suas pernas, de forma a dar com o olhar dela, frio, a menor expressão de vida, minha língua procurando o clitóris, a gruta, o cheirinho de guardado.

E derrubei-a na cama. E caí por cima, no meio de suas pernas. E enchi a boca com os seus peitos. E me pus a mamar neles. E atritava meus lábios contra os dela. E procurava entre eles a língua morta. E me dei conta do quanto aquilo tinha de grosseiro e animal. E voltei aos peitos, tirando o atraso do que não mamei em minha mãe que, era doloroso, disse ela, quinze dias depois de meu nascimento não tinha um pingo de leite. E me torcia lentamente por cima do seu corpo feito um barco sobre uma maré. E que alegria me deu sentir que a pica estava inchando, começando a doer no bombril dos pentelhos de Lúcia.

Passei o dedo no talhe da vagina: seco e contraído como se tivessem passado pedra-hume. Mas agora eu queria meter nela, vará-la, enfiar a minha pica até o talo. Arreganhei as duas pernas, orientei a cabeça do caralho na fenda, me espremi contra ela. Empancou na bola da cabeça. Cada esforço que eu fazia sentia rilhar, arder, me cortar.

Me levantei, peguei uma camisinha lubrificada. Queria ver agora. Montei novamente nela, trinquei os dentes, pressionei a pomba na boca mole. Ela apertou os olhos, o rosto, os braços em cruz, fechou as mãos fortemente. Eu estava todo dentro da ex-noiva de Cassiano, ia e vinha com fúria e na hora em que ela estava se desarmando, virei-a de bruços e vazei o seu cu, arrancando-lhe pelo nariz um grito abafado. Senti vontade de chamá-la de puta, cadela, arrombada, rapariga de cego, mas não disse nada. A camisinha não aguentou a fricção e eu sentia rasgar-se, o anel recolher-se até o tronco do cacete e eu continuar os movimentos, mais rápidos, arranhando o queixo com os tocos de barba no toutiço de Lúcia, me babando e estertorando como um touro sangrado na arena, enchendo-a de gala, morrendo em cima dela.

Em seguida, eu não passava de um animal triste. Com pavor de olhar Lúcia no rosto, desolado, humilhado, preferindo ser mil vezes uma toupeira e ter onde colocar a cabeça. Foi ela quem me empurrou, saindo debaixo de mim. Eu fiquei com a cara enterrada no travesseiro, ouvindo os passos dela até o banheiro, a zuada da água com ela se lavando.

Vamos embora?

Era a voz dela. Me virei, sem querer. Ela corria a tolha no corpo, me espezinhava com seu olhar superior. Que parecia dizer: era isso que você queria? Meu Deus, que vergonha. Nunca mais eu ia ter coragem de olhá-la de frente. Meus olhos ruins, naquele momento, abarcavam-na com assombro.

Que foi? disse ela.

E a bandida agora ria mesmo. Que merda eu tinha feito. Se houve competição ali, o perdedor tinha sido eu.

Voltei a enfiar a cara no travesseiro, apertando bem os olhos. Toupeira, toupeira, ah, se eu pudesse ser...

QUARENTA E TRÊS

UM MAL que veio para o bem. A medida do diretor me levou a um velho amigo que eu nem julgava estar vivo.

Gil, que é que você acha desse novo diretor? pergunto um dia no pavilhão, mudando de assunto.

Um bunda suja, diz ele. Canalha da maior marca. Conheço bem a peça, desde o tempo em que ele ainda era aspirante a oficial, recém-admitido na polícia. Sempre comeu de todos os lados, na moita. Nunca deixou rastro. Ele também estava à frente do esquema que me fodeu e a muitos companheiros de farda. Mas nunca foi dedurado, ninguém soube, ninguém viu. A vaidade será o ponto fraco dele. O maior erro que cometeu foi aceitar vir dirigir este presídio. A batata dele tá assando.

Refiro o grandalhão dos dentes podres que tinha me impressionado no dia em que fomos todos reunidos no pátio para a fala do coronel.

Ah, Afonso? É um parceiro, irmãozão. É ele quem de fato manda aqui. Estando comigo, tá com ele.

Gil dá três batidas leves no meu ombro. A cara fica triste.

Puxa, Moacir, me assustei quando te vi naquele dia. Eu soube do acontecido há tantos anos. Você não era pra ficar muito tempo preso, rapaz. Esse não é teu mundo. Tu merece coisa boa. Tu estudou, tu lutou, bicho. Não é como o meu caso, que tô aqui muito antes de tu chegar.

Eu sei, me disseram que era fácil, mas eu que não quero sair daqui, Gil. Lá fora eu já teria me matado.

Bem, isso é contigo. Precisando, sabe que pode contar comigo sempre.

Sabendo da importância de Gil na esfera, me encorajo a falar.

Rapaz, eu tenho um probleminha aqui, sim.

Qual é?

Aquele camarada ali, e apontei o gaiato no outro extremo. Andou me ameaçando.

Deixa ele comigo.

Em pouco tempo, chega o valente me estendendo a mão. Alguns metros adiante, Gil acena com a cabeça para que eu aceitasse o cumprimento. Apertei-a, firme, para que ele sentisse a minha força. O ex-quase-inimigo sorriu, me deu um tapa nas costas e seguiu para a sua cela. Respirei fundo e aliviado. Quem não nasce gato, precisa aprender a enxergar no escuro.

QUARENTA E QUATRO

TERMINAMOS DORMINDO no motel. Lúcia deitou ao meu lado só de calcinha. Eu evitava o contato do corpo dela, que queimava, ferro em brasa. Despertei duas vezes com ela me aperreando, mas repeti que não tinha condições. Nem com reza braba, falei para mim. Irremediavelmente, eu havia brochado para ela.

Manhã cedo, nos levantamos, tomamos um café básico com torradas e pegamos um táxi até a parada de ônibus mais próxima. Minhas provisões estavam no fim e Lúcia confessou também estar sem muita grana. Desci do coletivo na Epitácio Pessoa, me despedindo dela com um aperto de mão.

Te cuida. E dá notícia, disse ela.

Fui para a casa de minha mãe. Se espantaram comigo ali cedo, fizeram perguntas.

Quero dormir, adiantei eu. Tudo o que eu preciso é dormir. Por um longo tempo.

E dormi. O dia todo. Um sono perturbado, cheio de inquietações, imagens ruins, opressivas, que se confundiam com o barulho do dia. Mães ralhando, meninos chorando, ganidos de cães.

Ao acordar, estava todo mundo no meu pé outra vez. Um arrocho no peito, a voz amarujando na garganta.

Sandra Regina me deixou.

E o crepúsculo se precipitou com minha fala.

QUARENTA E CINCO

DEUS ME perdoe, mas eu não consigo reprimir a irritação com esse jeito de João em querer se passar por uma mulherzinha vulgar. Tive colegas de trabalho e de faculdade com quem conversava normalmente e até sentava à mesa de um bar para tomar um chope, sem o menor constrangimento. O cara é lá o que é na sua vida particular, dá o seu cu em paz e eu não tenho nada com isso. Não suporto mesmo é esse estilo de puta oferecida que João sempre assume.

Como o que presenciei antecedendo estas observações. Encontrei João lá no pátio com o gaiato e o seu comparsa aos gritinhos e risadas, cada um de um lado fazendo cócegas nele com a ponta dos dedos nas costelas. O viado dava pulinhos, ai, para, ai, para, eu não aguento, *cacacá, cacacá.*

Fiquei muito envergonhado depois com o que dei a entender, uma raiva sem fim de João, uma vontade danada de rachar-lhe a lenha no espinhaço. De repente, eu estava plantado à frente deles e os assustei, braços cruzados, a cara feia como o cão.

Os dois marginais ficaram sem jeito, eh, desculpa aí, parceiro, foi mal.

Não há o que desculpar. Fiquem à vontade. Não tenho nada com a vida desse aí. Nada disso é de minha conta.

Não, não, disse o que sempre falava. Já acabou o banho de sol. Tamo voltando pra nossa cela. Foi mal, viu?

O pior foi ter que aturar a cara imbecil de João, aquele risinho debochado, ficou com ciúmes, meu bem? Admita, vá. Admita, *cacacá*.

Vai pra lá, bundeiro de uma merda. Eu admito é a vontade de desmanchar essa tua folga com uma porrada no meio das fuças, isso, sim. Tava demorando você voltar a ter essas liberdades. Arre!

João murchou como aquela plantinha malícia, que também chamam de dormideira. A gente bate na folhinha e ela imediatamente se fecha, "tranca a porta, malícia; teu pai foi pra missa. Tranca a porta, malícia...", as crianças do campo repetiam, brincando na vegetação. Eu ficava querendo saber como era o escuro ali, se a gente podia enxergar dentro da malícia.

QUARENTA E SEIS

NÃO VOLTEI a Mangabeira. Sabia que se fosse lá a casa me estranharia. Aquele campo só tinha sentido com a *Flor Miúda*. O retorno só aumentaria o meu suplício, fazendo-me ver que eu só valia a metade de antes, ou um terço. Eu não podia me curvar à derrota nem me avariar mais do que eu tinha me avariado nas últimas horas.

Queria me afastar de todas as recordações afetivas. Sandra Regina, Lúcia... Meu Deus. Que relação maluca tivemos. Que merda, que horror. Para nunca mais aquilo. Tanto tempo passado e me custa entender como Lúcia se submeteu àquela coisa perversa. É possível que tenha gostado mais do que eu. Um caso estranho a bizarrice dessas pessoas que se dizem cabeças feitas, independentes, seguras e talvez por isso estão sempre querendo viver situações inusitadas. Nesse time está Lúcia, tenho certeza. Depois foi que me dei conta, e aí o meu mal-estar, de ter me passado por bobo, de que na verdade ela representava para mim. Se fingia passiva e a seu modo conduzia as ações. Eu fazia o que ela esperava que acontecesse. Isso me fez desejar, mais do que tudo, nunca mais encontrá-la. Detesto me passar por fraco.

Segunda-feira, bem cedo, fui à associação de servidores. A ideia era trabalhar bastante, me dedicar a alguma coisa que eu julgava útil. Alivia, entretém, é o melhor remédio para essas horas.

Ah, Moacir, falou o presidente assim que cheguei. Foi bom você ter vindo. A gente tem uma proposta para te fazer.

Manda, ataquei.

Há um movimento nacional com uma proposta de fundar uma federação e temos uma plenária já na próxima quinta-feira em Belo Horizonte. Eu tinha comprado as passagens e iria, mas surgiu um imprevisto. Consultei alguns membros da associação e ninguém se dispôs. Quero ver se você é macho agora, disse, sorrindo. O ônibus sai à uma da tarde. Topa?

Na hora! falei, sem um segundo pensamento.

Você é um arrombado mesmo, elogiou. Gostei. Então se apresse com suas coisas. Você tem poucas horas.

Que prêmio num momento daqueles. Caiu como uma luva na mão prestes a se esfolar. Às vezes, o acaso é muito providencial. Agradeci até a náusea a todos os anjos do céu, da terra e a alguns demônios bons que também conspiravam. Eu ia curtir ao máximo esses dias fora. E ao voltar, seria como chegar de uma longa permanência distante daqui. Logo, não podia ter conhecido Sandra Regina. E Lúcia, muito menos.

Eu via a cidade se afastando de mim. Lá atrás tinha ficado a fotografia da ponte sobre o rio Sanhauá, o manguezal, as casinhas miseráveis à beira da maré. Lá atrás, os homens e seus dias magros, os balaios vazios sob os braços, vindos de feira alguma, onde vendiam suas vidas um pouco de cada vez. Tudo às minhas costas, como a fumaça que o ônibus ia deixando enquanto deslizava no asfalto. Que tudo se perdesse nesse nevoeiro. Para sempre.

Eu me absorvia na contemplação dessas excrescências de emoções, ignorando quase tudo ao meu redor. Meninos que choravam com o desconforto, velhos que expectoravam sua grossa mucosidade. A nuvem de fumo de cigarro me invadindo as narinas, o calor molestado fazendo o suor cair em bica pelo meu rosto, a camisa já ensopada, a boca seca de sede, os olhos doendo com a pancada do sol em cheio na cara. Naquele momento, porém, nada era incômodo. Bendita hora.

Bem à frente, quando já tinha cruzado as divisas da Paraíba, é que eu fui reconhecer a existência desses fragmentos, podendo assim compô-los em verdade e reconstituir a minha presença. Eu tinha que me embriagar de tudo, encontrar suas peculiaridades, por mais corriqueiras que parecessem.

Quase meia-noite. O ônibus parou em Aracaju. Não havia ninguém ainda ao meu lado e eu ocupava a poltrona da janela. Existiam dois tipos de parada no roteiro: as primeiras, para as refeições, para espreguiçar, tirar a água do joelho, entre outros espairecimentos, e a segunda para o embarque de novos passageiros, que era o gênero daquela parada na capital de Sergipe.

O motorista pediu que ninguém descesse naquele lugar, apesar de algumas pessoas não seguirem a orientação. Meio cansado, não saí de meu canto, começando a cair numa madorra. A monotonia não me desagradava. Eu não podia esperar mais, sozinho, numa longa viagem de ônibus.

Moço, ô moço.

An?

Essa poltrona é minha.

O quê?

A poltrona, disse, apontando o lugar em que eu estava sentado.

Que é que tem?

É a minha. Veja. Aqui está a minha passagem. Olhe o número: 33, janela.

Era uma senhora, de uns quarenta anos, e tinha a determinação de querer o que lhe pertencia.

Olhei a minha: 34, corredor. Ela estava certa. Me levantei.

Desculpe. Pode passar.

Fazia um certo tempo que o ônibus retornava o seu curso estrada afora. Malgrado os catabis, novamente eu ia tentando cochilar. Quis me parecer que eu ouvia alguém assoando o nariz, chupando o ar através dele, repetidamente, ao mesmo tempo que deixava escorrer o som fino de um queixume. Sim, alguém chorava. No entanto, tudo me soava distante, turvo, ilusório. Não dei importância. E por que daria? Existem tantos motivos para chorar como existem para sorrir. Não era a hora de eu me consumir em especulações. Um momento, porém, em que o carro freou bruscamente e eu despertei, deu para perceber claramente. Era a minha companhia de viagem, a mulher da poltrona ao lado. Dando-se conta de que eu a observava, calou-se, virou o rosto para a janela.

Fechei os olhos e procurei adormecer mais uma vez. E o sono me chegava como um carro de boi, aos sacolejos do percurso. Lá fora, só o som do motor. Incomodava e ao mesmo tempo era boa aquela vontade de dormir estorvada. Eu pegava o sono pelo rabo, um gato morto, e ia arrastando, arrastando, arrastando...

De repente, senti algo volumoso me empurrando, quase me esmagando o braço na poltrona do corredor. Abri os olhos e... não! O que eu via com o auxílio da luz acima de minha cabeça que deixara acesa? Puta que pariu. Era um traseiro do tamanho do mundo. A coroa tinha se virado para a janela e, ao chegar o sono, começando a se acomodar, espaçosa, foi me afastando para tomar lugar. Minha mãe. Nesse movimento, a saia tinha se arregaçado, de forma que se encostava num dos meus flancos aquele bendito acidente geográfico. Para piorar, a santa senhora usava uma calcinha minúscula, que era engolida vorazmente pela bunda. Minha boca encheu d'água, o pau começou a empinar, as mãos ficaram impacientes. Era deslumbrante a força daquela visão. Melhor ainda: o modo como ela se ajeitou para dormir, a calcinha sumindo no leirão do roçado, dava para ver, bem desenhada, a testa do diabo.

Daí me acorreram várias possibilidades, ilusórias, reconhecia, mas que me divertiam de imaginá-las. Eu cobriria a minha cabeça e punha o lençol sobre aquela parte dela. Em seguida, com a penumbra que a luz de cima trazia, focaria ali e ficava olhando até não querer mais. Ou, senão: procuraria uma maneira de me voltar sutilmente para o lado dela, tiraria a vagem pronta pro cultivo de dentro da calça e deixaria vingar na cova da plantação. Ou então: consentiria que as mãos fizessem o que lhe dessem na telha, avançar macias sobre a escultura, se enfurnar entre a calcinha, roçar a pequena e grande flor.

Só devaneios de uma mente desocupada e viciada que, Deus me livre, apenas por hipótese eu executaria. Ela não me deu cabimento, o corpo era lá dela. Confusões desse tipo eu nunca arranjaria. Pronto, passou. Já parávamos mais uma vez noutra cidade. A mulher despertou com o espirro que o ônibus deu ao estacionar. Eu fechei os olhos, ressonando de mentira, fingindo dormir, cubando-a pelo canto do olho semifechado. Ela se recompôs rapidamente, me examinando, desconfiada, e assumiu um aspecto respeitável.

Com licença, moço. Quero passar, disse, ao se apressar em direção ao banheiro.

Até ela descer em Teófilo Otoni, nossa comunicação se resumiu a isso: bons modos, apenas. E nem sempre naturais. Do lado dela, se via logo que não estava interessada em muita conversa. Eu, nesta fase que começava a viver, tinha quase um medo, quase um pânico de todas as mulheres. Aquele momento, porém, não quis despregar de minha cabeça até hoje. Que bunda, que rabo, que coxas, que testa. O certo é que me rendeu umas boas punhetas e foi a melhor lembrança que consegui trazer daquela viagem, levando-se em conta que o que aconteceu depois foi só enchimento de saco, polêmicas bestas, alguns babacas que adoram se deliciar ao som da própria voz, repetindo o discurso dos que os antecederam, se achando os bambambãs e salvadores da humanidade, mas que na verdade não passavam de grandes prevaricadores e tomadores de cerveja. Melhor a névoa pesada que ficou para atrás na viagem de ida.

QUARENTA E SETE

JOÃO VOLTOU a ficar na dele depois que reafirmei a ameaça. Não me encara, mas mantém um ar de sacana quando sabe que é observado. Tomou o hábito de dormir com uma calcinha minúscula no meio das nádegas. Fica de bruços, empinando a bunda. Finge que dorme, eu sei. E antegoza com a presença do espectador. Vamos reconhecer, o filho da mãe é bem avantajado. Considerando a região em particular, parece uma mulher, não uma qualquer, uma calipígia mesmo.

Depois da refeição matinal, tinha visto João bater nas próprias nádegas com as mãos espalmadas, respondendo à provocação de alguém, no pátio, a voz rasgada, desentoada em falsete, aqui é de verdade, meu bem. É natural, não tem óleo aqui dentro, não. Só carne e músculo, meu anjo.

Mais uma vez achei a cena de um ridículo sem fim. Fiquei de longe movimentando a cabeça em desaprovação e o maricas aí é que se divertia pra valer.

A expressão "só carne e músculo", no entanto, não saiu de minha cabeça. Era como se eu tivesse tocado lá e comprovado que ele não estava apenas se gabando.

Inspiro profundamente e ele como que dialoga comigo soltando três suspiros, um ai que se prolonga. Fica de lado, com as costas voltadas para mim.

Ele é um homem, é um homem, meu Deus. Sua como homem, fede como homem, ronca como homem, repito para não restar dúvidas. Então, por que desperta isso em mim? Algo adormecido há tanto tempo que eu julgava mesmo morto e que agora se levanta como um guincho de um porco no sangradouro. Tentar dormir, tentar dormir. Fechar os olhos e não pensar tolices, torno a dizer. Não vai ser fácil, talvez impossível. Porém, me agarro a todos os deuses que possam me trazer a tranquilidade, o sono. E que o anúncio do dia seja breve. Fechar os olhos em busca da cerração.

QUARENTA E OITO

INÍCIO DA semana seguinte, de volta à rotina. Aquele congresso me deixou cheio da política sindical. Tinha decidido que passaria para os servidores locais o conteúdo dos acontecimentos e depois babau. Tão cedo eu não ia querer conversa com aqueles bostas.

Pela manhã mesmo, fiz um breve relatório do congresso numa reunião que a associação convocou. Que os outros bundas-moles agora encaminhassem o que ficou decidido. Deixei clara a minha indisponibilidade, os meus problemas de ordem pessoal.

À tarde estava novamente na sala de trabalho. A burocracia era outro grande saco. Mas o que fazer? Servia para eu me afogar esquecendo de tudo. Não dei a mínima para os olhares irônicos dos colegas, as indiretas do chefe.

Quando eu lhe pedi tarefas, ele me apresentou uma pilha de processos dizendo divirta-se. E foi o que fiz, me desligando de tudo em volta.

Antes das cinco, eu tinha concluído o catatau que ele me passara achando que eu não daria conta em três dias. Fui ao banheiro, tomei água, cafezinho. Faltava ainda uma hora para o fim do expediente. Ofereci ajuda a um colega que coçava a cabeça diante de um calhamaço de folhas cheias de carimbos antigos.

Ele se animou. A secretária Carmelita, chegando, interrompeu:

Moacir, ligaram agorinha para você.

Quem era?

Uma dona. Não disse o nome nem quis deixar recado.

Pensei em Lúcia. Vá compreender essas mulheres. Mas não tinha esquema comigo. Se me procurasse, mandava ela pastar. Eu queria vida nova, saudável. No final da tarde eu ia mesmo procurar uma academia de artes marciais, voltar a treinar. Pensei em minha juventude que mal começava. Eu estava me perdendo demais, me extraviando na bebedeira, em projetos que em nada me completavam. Chegava de boemia. Ia voltar para a universidade, continuar o curso de Letras, intensificar meu ritmo de leitura. Adeus às frivolidades.

O telefone tocou outra vez. Era para mim. Cassiano, falando da saudade, nunca mais a gente tinha se visto, queria marcar uma cervejada. Falei que parara de beber, mas que precisava conversar com ele amanhã ou depois. E fui breve, apesar de amistoso, como sempre, com o velho companheiro.

Trabalhei até as seis em ponto, um dos últimos a sair. Que milagre! disseram.

O estado de espírito que começava a me tomar evitava que eu fosse atingido por essas coisas miúdas.

Pois é, eu respondi, sorrindo.

Eu me sentia tão vazio, tão só no mundo que minha vontade era guardar a todos no coração, amigos e inimigos, simpáticos e enjoados. Apertei a mão de uns, abracei outros, adocei a voz ao dizer até amanhã. E desci as escadarias junto com eles, conversando animadamente.

Pronto. Olha ele aí.

Me assustei com o segurança me apontando ao passar pela recepção. Maior o meu sobressalto ao ver uma baixinha segurando uma mala quase do seu tamanho. Mal conseguia me encarar, acanhada, o olhar desprotegido, cão sem dono. Quem havia de ser? Quem eu menos esperava. Ela. Sandra Regina. *A flor miúda*.

Uma nuvem escura ameaçou o tempo. Mas isso eu não vi ali.

Nos medimos por uns bons segundos. Eu, como forma de ganhar tempo, me recuperar do susto. Ela, porque talvez não pudesse se humilhar mais do que já estava. Minha cabeça era uma confusão só. Não sabia o que queria dizer ela ali com aquela mala. Voltava para mim? Ou me procurava para se despedir em definitivo, de passagem marcada para aquela noite ainda rumo ao Maranhão? Talvez uma ajuda financeira pois só tinha a mim a quem recorrer, sei lá.

O certo é que eu a tinha cá, novamente, ao alcance de minha mão. Amava-a, não amava? Então. Por que deixar que ela se afastasse outra vez para mais longe? O simples fato de poder contemplá-la de novo por inteiro já me dava uma sensaçao de felicidade e preenchimento enormes. Me reestruturava, foi veneno e agora era o antídoto de minhas dores. Estava doido? Eu não consentiria que ela se afastasse de mim nem que o galo cantasse no micoco da cabeça.

Retirei a mala de sua mão, depus no chão. Atraí de leve seu corpo de encontro ao meu. Abracei-a, ternamente.

Tudo bem? eu disse.

Tudo, respondeu.

Tomei uma de suas mãos, com a outra segurei a mala.

Vamos para casa?

E descemos, em silêncio, a ladeira opaca da avenida General Osório em direção à parada de ônibus da praça Pedro Américo.

Sandra Regina comigo de novo. Coisa estranha. Tão contente com sua presença, a fala, o corpo, e ao mesmo tempo me acometiam ansiedades, maus pressentimentos, desconfortos íntimos. Algo me dizia que eu não tinha acertado ao aceitá-la de volta, ao investir na reconstrução na vida a dois. Que diabo, cacete. Por que isso? O que estaria a caminho? Eu amava e faria tudo para jamais nos separarmos. Naquele momento eu sabia. A vida era inviável sem aquela mulher, minha *Flor Miúda*. Todos os dias eu detinha os olhos em outras mulheres. Achava inadmissível eu amanhã com uma delas, mãos dadas, namorados, uma nova experiência amorosa. Ah, não.

Nunca. Nem viessem. Sandra Regina era a minha outra parte, eu não duvidava.

Em Belo Horizonte eu havia conhecido pessoas de Brasília, feito amizades. Resolvi telefonar e pedir ajuda a elas para agilizar o meu processo de transferência para o Maranhão. Depois dos contatos feitos, falei para Sandra Regina que talvez em três meses estivéssemos na sua terrinha, perto de João Filipe. Ela vibrou. Nunca a vi tão feliz. Voou pro meu ombro, me beijou apaixonadamente e pela primeira vez disse que me amava, que não podia viver sem mim.

Eu lhe fazia essas promessas, pelejava para que tudo acontecesse o mais rápido possível. E novamente aquele mal-estar. Meu Deus, que dúvida terrível. Evitava que ela percebesse, mas não tinha certeza de nada. Via consequências vagas, sonhos antigos, sono atribulado, cama de vara, cobertor pequeno, gatos no telhado, cães uivando, gritos de dor, goteira, chuva de vento. Tudo era noite, noite, noite cerrada.

QUARENTA E NOVE

É DOMINGO. O ex-diretor nos faz uma visita. Vem trazer pessoalmente a boa nova para João. Volta a dizer que se empenhou nisso por uma razão de justiça e fez questão de voltar aqui. Que o alvará de soltura já foi redigido e está chegando à mesa do juiz. Que é coisa de pouco tempo a liberdade do rapaz. Acredita que na próxima semana. João ficou radiante.

Uma notícia agradável para ele e outra um tanto chata para você, Moacir, diz ele. Soube que com a saída de João você migra para uma das celas coletivas. Talvez antes mesmo.

Dou de ombros.

Eu não estaria tão indiferente assim, filho. Isto aqui é um barril de pólvora prestes a jogar tudo pelos ares. Com a minha exoneração, é triste, tudo se agravou. Eu estudei gestão e comportamento. Modéstia à parte, tenho habilidade para lidar com pessoas. Falavam de mim, diziam que eu era frouxo, que dava moleza para os presos, que baixava as calças para os direitos humanos, mas vejam no que está dando o estilo ortodoxo. A preocupação já vazou de dentro do governo. Pena que eu não posso interferir em seu favor pois estou sem acesso às novas autoridades da segurança pública. O ideal mesmo seria sua transferência imediata para outro presídio, quem sabe a Penitenciária Média onde tudo é mais tranquilo. Até poderia, como no caso de João, recorrer a um defensor público para que ele peticionasse, mas leva tempo e a coisa não se aguenta muito. Escreva aí.

Fique frio, doutor. Agradeço o seu cuidado. Não tenho medo. Eu me viro.

Apesar de sua índole, você é um bom sujeito, filho. Sempre estive convencido que isso aqui não é lugar pra você, mas que fazer? Você nunca quis ser ajudado.

Pago pelo que fiz, doutor. Não quero ser diferente de ninguém.

Ele solta um suspiro de impaciência.

Que Deus vele por você. Bem, estou indo. Com o novo cargo que ocupei vivo me ausentando da capital e devo estar fora por muito tempo.

Só então me ocorreu esclarecer um fato que depois da exoneração desse diretor comecei a achar pouco natural num presídio. Por que ele sempre me tratou diferente dos outros presos? Qualquer pessoa com um pingo de senso vê que não condiz com a realidade de uma penitenciária. Pergunto e ele fica muito sem jeito, tosse, pigarreia, o buraco negro da fala.

CINQUENTA

LIVRE DA militância de classe, o único compromisso que me tomava o tempo era o expediente no serviço público. As manhãs eram deliciosamente ociosas e eu ficava em casa com Sandra Regina. A princípio, tivemos uma nova lua de mel.

Na primeira semana, maravilha. Tínhamos bastante fogo. Havia aquele sabor especial quando, terminando uma crise, uma briga, uma separação, temos novamente nos braços a pessoa amada. Diria até que é mais gostoso do que no começo, na hora que a gente se conhece. A desvantagem é que a sensação passa rápido e logo entramos na rotina, no fastio. Foi assim depois da segunda semana, em que a gente tinha ainda bastante fome, sede e fodia feito doido, falando o que viesse à telha, aos uivos, aos berros, miados, grunhidos, sem se preocupar com a vizinhança.

Dessas duas semanas, guardo as maiores loucuras que eu e Sandra Regina vivemos juntos. Mandei ao Oriente Médio toda a reserva moral que ainda me arremessava contra as paredes dos tabus. Fizemos o que jamais pensei em participar com a mulher de casa. Algumas coisas, confesso, me encabulava fazer com as outras, imagine com ela, que era bem dizer uma santa para mim. Perdemos as estribeiras. Descemos ao inferno, docemente descarados.

À parte os momentos em que corríamos sem rédeas às nossas genitálias, quando eu caía de língua nela, deixando dormir meus lábios sobre aqueles maiores dela, sentindo sua umidade minar em pulsações delicadas, como uma pequena cacimba em ato inaugural, ela também deixando os meus testículos órfãos da ave-irmã. E mamava, ela adorava mamar até não poder mais a proteína farta que se derramava pelos cantos da sua boca.

Quero me deter na outra flora, a flor miúda. Até aquele dia acho que eu desejava ignorar que Sandra Regina tivesse um cu, e se o tivesse, que fosse mero ornamento, ponto sagrado na história do seu corpo, impassível, que não peidava, não cagava e não poderia ser sondado por curioso dedo mindinho, seu vizinho, fura-bolo, ou maior de todos, e nem de longe ser visitado por uma carnuda cabeça de pica.

Tanto era assim que eu nunca tinha ansiado conferir nada. Ela me parecia também educada para ignorar esse maldito acidente na geografia sexual. Abominações apontadas com dedos em riste e repressões faziam-no relegado ao olvido perpétuo. Provocava mal-estar qualquer ato que denunciasse a existência e sua função ficaria, pois, reduzida a feitos menores de aparelho excretor, ou seja, repelir o que o intestino não precisava mais, ele próprio um denegado. Então, quando se tratava de vir algo ao seu encontro, quando lhe era oferecido um corpo exterior, eis o desconcerto, a reação negativa.

Brinquedo do cão, uma vez me disseram. Precipício que sempre me traiu e dispersou. Aquele pontinho piscando, cálice, corola, androceu e gineceu: flor viva. Zona sensível, alma, ponto de apoio. Maldito para uns; para outros, impronunciável com seu estigma de intocável. Nenhuma menção me desconcertou tanto quanto esta: cu.

Um dia, Sandra cavalgou sobre mim de costas e, quando se curvou, eu pude ver aquela flor, aquele olho rosado que me hipnotizou. Não consegui tirar as vistas dele e me excitei além conta, o pau imitando a rigidez do ferro, incapaz de segurar o gozo que veio rápido, um prazer indescritível até aquele instante. Fiquei viciado naquela posição e sempre pedia que ela repetisse, que me excitava muito. Ele piscava pra mim, sedutor, me convidando. Eu tentava ganhar coragem para confessar a minha intenção à sua dona. Mas por que a minha reserva, se ele me chamava?

Sandra Regina chiou nas primeiras investidas que fiz naquela direção. Ela sobre mim, posição do torno, pique de cavalo selvagem. Deslizei as mãos no seu dorso, descendo pela espinha dorsal até chegar aos glúteos. O dedo grande reconheceu a divisão das duas bochechas, riscando a depressão, a ravina o engolindo, o conforto morno, a textura da cova, o círculo do bordado. Ela parou subitamente. Me olhou séria, quase com raiva.

Não!

O que foi? eu insisti mexendo no buraquinho.

Não, Moacir!

Por quê?

Eu não gosto.

Tolice.

Produto de renitência, eu não me cansava de tentar as mais diversas abordagens àquele que antes de ser ponto final o era de exclamação. Doutra vez, ela de bruços, eu começava a lambê-la do pescoço, a língua aplicando massagem de uma ponta a outra de sua espinha dorsal até chegar no cóccix, na bundinha. Aí, eu mordia levemente cada popa. Aos beijinhos, outra vez com o recurso da língua, refazia o movimento. No instante em que passeava na altura do buraquinho, introduzia lentamente a língua até encontrá-lo. Sandra Regina se contorcia, curvava a cabeça para trás, se empinando o máximo que podia.

Moacir, você é doido?

Eu percebia que ela depunha a guarda, já recebendo como natural os meus movimentos.

Eu adorava deitar o rosto sobre as suas nádegas, assim de banda, como um travesseiro, de vez em quando roçando o nariz no caminho da bosta. Meu pau doía, dava cãibras de tanto tesão quando eu sentia o cheirinho do lugar. Eu venerava a bunda de Sandra Regina.

Finalmente chegara a hora de eu acrescentar no acúmulo de atenções àquela zona predileta quem mais ansiava em tocá-la. A minha pica. E foi no meio de todas as carícias com que ela já estava se acostumando. Novamente debruçada, passei uma perna sobre ela e fui cheirando, mordendo, lambendo, alisando e em pouco tempo o cacete dava pinotes, vertia num contínuo a baba pastosa da fome. Então botei a cabecinha entre as duas bandas da bunda. Ela esperou. A pica tocou-lhe o olhinho do cu. A vara vibrou, acometida do mal de Parkinson, vazando abundantemente o líquido das preliminares. Eu a sentia ensopada, afogada na viscosidade. Não tinha mais jeito. Enquanto eu a beijava sem parar falando coisas loucas e com sentido próprio da ocasião, pus os meus braços entre os sovacos de Sandra Regina, dobrando-os e segurando-a em cada ombro. Enganchei os pés ao final da cama. E forcei a glande contra o orifício. Ela gemeu, grunhiu, rosnou.

Moacir, não!

Ah, meu amor. Eu quero te sentir todinha em cada parte, te sentir completamente minha.

E comprimi o meu quadril, fazendo com que entrasse a cabeça. Ela soltou um ai gasguito, estrebuchou.

Moacir, não quero!

Relaxe, meu amor.

Moacir, para. Tá doendo, me rasgando. Dói, Moacir.

Um pouquinho só, meu bem. Relaxe.

Eu já tinha introduzido boa parte. E como era quente ali dentro. Mais quente que a boca que me chupava, do que a xota que me engolia. Ela entrou em pânico. Escoiceou, debateu-se. Foi melhor para mim. O pau deslizou mais da metade adiante.

Tira, tira, Moacir. Pelo amor de Deus, tira. Tá doendo muito.

Relaxe, querida. Senhora minha, como você tem um rabinho gostoso. Fique quietinha, senão dói mais.

Percebendo que as súplicas eram em vão, Sandra Regina amoleceu, apenas liberando um ai, ai, ai, ai, ai, ai, ai, e os gemidos pelas ventas. E eu gozava em grandes jatos, gritando também até o diafragma encolher no seu limite absoluto, rasgar a goela até ficar rouco, quase desacordado, o corpo de Sandra Regina como uma extensão de mim e sua voz tão distante, distante, distante...

Malvado. Me machucou. Malvado.

Tudo tão distante, distante, distante... Eu apaguei completamente. Mas o caminho sem luz ainda estava por vir.

Sono compensador interrompido no meio. Alguém chamava, lá fora, noite avançada, quase doze. Era a vizinha. Telefone. Urgente. Zulmira de um orelhão aos prantos, não conseguia articular uma palavra inteligível. Preciso lhe pedir que respire, conte até cinco. E fale. Nossa mãe hospitalizada. Cláudio a levou correndo para o Hospital Treze de Maio. O vizinho taxista da frente estava chegando, abria o portão da casa. Interrompi, pedindo que nos levasse imediatamente lá. O carro saiu em arrancada. Enquanto eu vivia o meu melhor, minha mãe lutava contra a morte.

Amante do bom fumo de rolo de Arapiraca, minha mãe não largava o cachimbo por nada neste mundo. Ela mesma, pacientemente, gostava de pinicá-lo num pedaço de tábua, pondo-o com esmero no seu instrumento de prazer, a ponta do indicador em ritmo vagaroso. Desde menino, achava bonito o seu ritual e não concebia a presença de minha mãe no lar sem aquela fumaça, aquele cheiro da existência que invadia todos os cômodos da casa.

Estava na emergência, ninguém podia entrar lá enquanto o médico não autorizasse. Ficamos sentados num longo banco de madeira no corredor do hospital, ansiosos. Ela vinha se queixando de falta de ar, respiração curta. Pelas nove da noite, ela via tevê, começou a puxar o ar bem forte e de repente arregalou os olhos e tombou de lado. Chamaram mãe, mãe, e ela mole, mole. Tinha caído nos braços de Cláudio como morta, quase morta, Jesus do céu, que vai ser de mim se ela for embora, meu Deus? gemia e suspirava Zulmira.

Cláudio oferecia um pacote de biscoito Maria, não, obrigado, ninguém tinha fome, embora as tripas desmentissem, agitadas no intestino. Oito horas da manhã, cadê a porra de um médico, uma enfermeira sequer para nos trazer uma notícia? Ninguém admitia ser parado, sempre com gesto de espere, calma, da mão espalmada.

Finalmente, alguém veio ao nosso encontro, parentes da senhora Anastácia de Sousa Lins? Um de nós podia entrar. Deixaram que eu fosse. Cláudio era sempre apático e pouco paciente para dar explicações. Zulmira era emocional demais e não tinha serenidade para enfrentar um momento daqueles.

Antes de entrar na sala de emergência, o médico de plantão me explicou que só após os exames poderia ter o quadro de dona Anastácia, mas de antemão suspeitava, pela experiência, de enfisema pulmonar pela maneira como ela tossia e respirava. Até o fim do dia poderíamos ter a certeza. Foi muito acertada a decisão de trazê-la até ali, pois aquele hospital era especializado em pneumologia. Claro, tinha sido apenas um acaso. Cláudio tinha escolhido o lugar por ser o mais próximo de casa, tendo dado a sorte de não haver rejeição por parte do estabelecimento, o que era muito comum.

Minha mãe era uma mulher forte, dessas que não se curvavam. Não me ocorria tê-la visto doente uma vez na vida. Suportou o diabo nas unhas de meu pai, um homem que se transformava numa entidade do mal na segunda dose de bebida. Violento, destruía tudo que encontrava pela frente nas suas sanhas de ira contra um inimigo inventado. Crescemos vendo os arranca-rabos entre os dois, quando ele vinha se meter a besta com ela, que não baixava a cabeça, se atracava no cacete e era pau de dar em doido até umas horas. A cirrose alcoólica o levou quando éramos adolescentes, e Deus nos perdoe, foi quando voltamos a ter alguma paz e qualidade de vida naquele lar.

Para fazer justiça à memória, nosso pai nunca nos fez falta. Ausente ao extremo, não nos via crescer e gritar pela sua presença. Sumia durante dias e voltava sempre em estado precário. Geralmente, sempre em busca de um rabo de saia, dos mais decadentes. Nossa mãe tinha que se virar para que não passássemos necessidades. O que lhe tinha ficado de herança de uma família de posses foi sendo torrado uma parte por ele e outra parte para a nossa subsistência. Até que nos restou apenas uma casa do Alto do Céu, o outro lado da linha férrea de Mandacaru. Desde cedo, eu e Cláudio tivemos que cair em campo, com pequenos bicos, fazendo mandados em troca de alguns vinténs para ajudar em casa. Minha mãe administrava tudo como uma executiva admirável. Quando nosso pai retornava à casa, era um estranho para nós, que tomávamos mecanicamente a bênção e nos retirávamos, aliviados, de sua frente. Dona Anastácia simbolizava o esteio da família, nossa referência de mãe e pai. Tinha uma capacidade admirável de captar nossas mínimas ansiedades, nossas inseguranças, e ter nas mangas uma poção eficaz que nos aliviava em dois tempos. Vê-la desabar era de repente saber que não havia mais chão sobre os nossos pés.

A emergência. Um lugar de muitas camas, um cheiro enjoativo de álcool hospitalar, pessoas dopadas, a maioria delas de olhos fechados. Minha mãe estava cheia de tubos, um braço espetado para o soro que pingava, *tup*, *tup*, *tup*. Se alegrou quando me viu. Emitiu uma queixa fraquinha, a voz tão baixa, uma tosse estranha. Duas semanas sem eu dar notícias, seria preciso que ela caísse doente para eu procurá-la? Eu lhe disse que isso mudaria, que eu estaria mais junto dela. Não prometa o que você não vai ser capaz de cumprir. Eu juro, mãe. Ela se agitou. Meu filho, tenho tido tantos sonhos ruins. A maioria deles é com você. Alguma coisa muito má está para acontecer. Parece um aviso. Pena que isso só depende de você para que não aconteça. Você pode evitar fugindo. De quê, mãe? Não sei, só você pode saber. Do perigo, do perigo, a voz cresceu. Eu temo muito, Moacir. Tenho muito medo pelo que se anuncia. Tenha muito cuidado, meu filho. Meu filho, meu filho... O médico acorreu. Ela não pode falar muito. Não pode se emocionar. É melhor você sair. Enfermeira, injete uma dose do calmante no soro dela. Saí, temendo, também, por ela. Os olhos de minha veinha se fechavam, ela se entregando ao medicamento, à intuição do irremediável, a saída da selva fechada para mim.

Ao sair, fiz um relato das coisas para o povo que esperava, apreensivo. Disse que era melhor todos irem em casa, descansar um pouco, voltarem depois do almoço. À tarde, Cláudio e Zulmira podiam apenas vê-la, rapidamente, se revezando, já que era aconselhado à nossa mãe não falar. No fim da tarde, eu voltaria, falaríamos outra vez com o médico, saberíamos com segurança das mazelas que derrubaram a velha Anastácia. Dei a mão a Sandra Regina e nos dirigimos a uma parada de ônibus.

No trajeto, permaneci em silêncio, Sandra respeitando a situação, mas eu só pensava nas palavras de minha mãe no hospital. Meu Deus, aquilo não era à toa, eu sabia. Por que eu tinha constantemente tantos pressentimentos maus e todos quando eu estava na presença de Sandra ou pensava nela? Seria dela que eu teria que fugir? Que mais ela escondia? Um mal maior me atocaiava? Mas correr de quê? Sou lá homem de pôr o rabo entre as pernas e sair de fininho nessa vida? Não, era preciso refletir. Um passo em falso poderia me levar à tábua solta sobre o precipício. Meu instinto de defesa gritava. Mãe de Deus, socorrei. Por que não caía de vez essa ficha? Por que não me vinha uma luz, por mais turva que fosse, nessa escuridão?

CINQUENTA E UM

O EX-DIRETOR... Chamo o ex-diretor porque nunca ouvi mencionarem o nome dele. Era o diretor, era o doutor que nem de prenome servia para referência.

Doutor, como é mesmo o seu nome.

Otacílio, Moacir. Otacílio Gomes de Sousa. Quem sabe não somos parentes? brinca.

E então, doutor Otacílio?

Ele me olhou e viu que não dava mais para fugir.

Acho que você tem o direito de saber, sim, diz ele, finalmente. Desde quando você acha que está aqui?

Não tenho noção, senhor. Algumas vezes acho que foi praticamente ontem. Outras, uma eternidade. De uns tempos para cá, vejo o tempo escorrer como areia fina entre os dedos de uma criança e me desespero com medo de sair daqui, voltar para as ruas. Eu não mereço o convívio com os bons.

É porque você esteve alienado durante anos, filho. Um dos milagres da vida aconteceu. Durante muito tempo você esteve no manicômio judiciário em vida vegetativa. De repente, começou a dar por si e, após passar por uma avaliação médica, foi transferido para um presídio comum para a continuidade do cumprimento da pena. O seu caso daria um estudo impressionante sobre a mente humana. Você consegue recordar com precisão tudo o que antecedeu a sua condenação, mas não lembra ou não quer lembrar o que exatamente fez. Acha justo estar preso, deseja pagar pelo que fez, mas se nega a refletir sobre o que aconteceu. Sua memória intermediária é totalmente neutra. De forma impressionante, você lembra tudo o que tem acontecido nos últimos meses, o que coincide com o período de sua estada aqui.

Realmente, não entendo, senhor diretor, digo eu.

Pois bem. Minhas atenções com você, com certeza, não são pelos seus olhos, diz com ar de riso. Eles não vão me perdoar pela indiscrição, mas eu preciso lhe contar. Há anjos que velam por você fora daqui.

Como assim? pergunto, embasbacado.

Um desses anjos atende pelo nome de Cassiano.

Cassiano? Não. Meu Deus!

Sim, é meu cunhado. Porém, é mais que um irmão para mim. Devo-lhe muito.

Deus, não acredito. Cassiano!

Tem outro anjo. Quer saber o nome dele?

Sim, por favor.

Cláudio de Sousa Lins.

O meu irmão?

Pelo que me consta, sim.

Cláudio era o diretor de obras da secretaria que administra os presídios. Não deixava de me telefonar um único dia para saber de você, recomendar cuidados. Agora, não é mais porque caiu com a saída do secretário.

Estou em choque, doutor.

Bom, só posso torcer para que o pior não aconteça. Milagres existem. Até um dia.

Ele sai e nos chega o som das vozes de um povo da igreja que sempre vem orar na enfermaria. Raramente me incomodei com a latomia deles nos dias de visita. Aleluia? Aleluia! Amém? Amém! Os doentes na maioria gostam. Na minha dispersão, nunca atentei muito no que eles pregavam.

Começo a encarar João e percebo que minhas sobrancelhas estão duras. Ele se encolhe, mas não baixa a cabeça. Torna a fazer sua clássica pergunta:

Moacir, por que você tem tanta raiva de mim? Sei que te incomodo, mas nunca te fiz mal. Por quê?

Estou particularmente sensível hoje. Não lhe respondo. Fico apenas olhando para ele, pensativo, e algo que um dos crentes fala não deixa de me impressionar na sua advertência:

"Mas quem odeia seu irmão está nas trevas e anda nas trevas; não sabe para onde vai, porque as trevas o cegaram".

CINQUENTA E DOIS

NO BAR do Ari, esquina da Treze de Maio com a Pedro II, pedimos um prato feito. Sandra comeu o dela até o último caroço de arroz. Compreensível, pois só tinha beliscado o biscoito que Cláudio oferecera. Estava também muito cansada, bocejando o tempo todo. Eu quase não toquei no meu, preferindo o suco de graviola com leite que pedimos de acompanhamento.

Como já estava perto do meio-dia, acompanhei Sandra até uma parada de ônibus no Mercado Central e a despachei para Mangabeira. Tinha que ir ao trabalho para dar ao menos uma satisfação. Claro estava que eu não conseguiria produzir nada, que o certo seria ter pedido um atestado médico para acompanhar pessoas da família, mas não tinha me ocorrido isso. Só à noite eu o pegaria.

Na repartição, quase que enfiava a mão na fuça do chefe, que veio com piadinhas, um risinho escroto.

Em quinze anos de função, todo dia chega neguinho matando a mãe, o pai, adoecendo, o filho, a irmã, a tia, a avó. Pensam que eu sou besta? Aqui é a lei. Não trabalhou, leva falta, desconto no salário. Só dispenso com o atestado médico.

Cheguei perto do ouvido dele:

Escuta, filho da puta, vai tomar nesse teu cu. Tua sorte é a gente não estar no meio da rua, senão quebrava essa tua cara de rapariga, partia em cacos esse teu focinho de porco patife de uma merda.

Ele gritou:

Tá me ameaçando, seu Moacir? Olha aqui, pessoal, esse cidadão está ameaçando uma autoridade no seu local de trabalho. Quero testemunhas para enquadrá-lo num inquérito administrativo.

Alguém ouviu alguma coisa? perguntei, me voltando para a equipe que estava na sala, felizmente tudo gente do bem, nenhum baba-ovo.

A resposta foi um sonoro não.

O chefe saiu com a gota de raiva, bufando pelas ventas, empurrando as cadeiras à frente. A minha convivência com o canalha estava impraticável, embora eu estivesse me entregando ao trabalho como nunca. Urgia uma remoção para outro lugar ou em pouco tempo ele me armaria uma arapuca das graúdas. Seria essa a advertência de minha mãe? Agora um branco total me ofuscava a mente e nada, nada mesmo me ocorria.

Deixei a repartição e fiquei zanzando pelas ruas do centro de João Pessoa. Liguei para o trabalho de Cassiano. A gente poderia conversar pelas cinco, quando ele largaria mais cedo, por não ter feito o intervalo do almoço. Caralho, ainda era uma hora da tarde. O que eu faria até lá?

Fui ao Cine Plaza, esperei abrir a bilheteria e pedi um ingresso. Estavam acabando com aquele espaço antes tão precioso. Só passava filme pornô ali. Pensavam que atraíam mais público, mas não era bem assim. Qualquer dia fechava de vez. Para a sessão das 14:20 tinham três ou quatro gatos pingados que não dariam para manter os funcionários. Era um viado que vinha ali arriscar a sorte, um tarado ao canto passando em vista uma possível vítima, uma colegial que matava aula para vir sarrar com o namorado, ele com a mão debaixo da saia dela, ela com três dedos dentro da braguilha dele, um punheteiro que melava de gala as poltronas daquela sala quando via uma bunda na tela, o cheiro nauseante de água sanitária envelhecida recendendo no prédio todo, porra, para de bater bronha, *féla* da puta!

Fui ao primeiro andar e me vi na última fila de poltronas. Cansado como estava, não tinha outra saída. Não consegui segurar a atenção em nada. Me acomodei como foi possível, mas qualquer maneira era jeito. O cansaço quando chega vai atrás do descanso. As pálpebras desabaram por completo para dar vez ao mundo dos quase-mortos.

Duas horas de sono, acordei quando acendiam as luzes ao fim do filme. Desci, fui à *bombonière* da recepção comprar uma pastilha de hortelã. Quatro e meia ainda. A loja em que Cassiano trabalhava era perto dali. Marcamos em frente ao cinema. Procurei alguma distração para aqueles trinta minutos restantes. Sentei num sofá que dava para a rua. Novamente me vinha a fadiga, forçando um cochilo. Acordei com Cassiano gritando o meu nome de fora.

Caramba, disse ele enquanto eu esfregava os olhos, meio perdido. Faz dez minutos que te procuro. Foi por acaso que olhei para dentro do cinema e te vi dormindo. Que decadência é essa, meu amigo?

A barra não está fácil, homem, respondi. Você não sabe da missa um terço. A vida não tem dado trégua. Coisa ruim, coisa boa, coisa ruim...

Vamos conversar, rapaz. Me contaram que o restaurante da API está muito bacana. O bom é que fica vizinho a Livro 7, tudo como intelectual gosta. Da livraria para o bar.

Alguns conhecidos que transitavam no jornalismo e na literatura tinham me falado disso, mas eu nunca tive curiosidade de conhecer. É o típico povinho de que corro às léguas. Um bando de metidos, donos da verdade, as convicções de genialidade. Fodam-se para lá, picaretas de água doce. Eu amava a literatura, mas sempre antipatizei com quem a fazia. Não gostava de vê-los, ouvi-los falar. Era como se a constatação de sua existência em carne e osso tirasse o respeito que eu nutria por eles.

Fomos até o restaurante do quarto poder da Paraíba. Ar-condicionado, um garçom que media os frequentadores pela roupa e a postura para daí dispensar a merecida atenção. Cassiano me apontou uns políticos, apresentadores de tevê, aquele é o deputado tal, o outro é um secretário do governo, não é mesmo? Poxa, minha irmã é louca para pedir um emprego a ele. Iria ao delírio se o visse tão próximo. Homem, manda esse povo se lascar na importância deles. Cassiano tremeu todo no receio de que ouvissem.

Pedimos uma cerveja, que veio acompanhada de duas finas taças. Sim, eu tinha dado uma pausa na bebedeira, mas o reencontro com o amigo justificava essa recaída. Eu preferia os copos Nadir Figueiredo do Bar da Fava. Mas vamos lá. Isso não vinha ao caso. Tínhamos pouco tempo. Começamos a falar de como estávamos afastados desde o aparecimento de Sandra Regina na minha vida. Mas quando se entra de ponta-cabeça num relacionamento há dessas coisas. Amigos, parentes e projetos são sacrificados muitas vezes. Raro é não acontecer, observou Cassiano.

Comecei então o deixando a par da sequência de acontecimentos que tinha caído sobre mim nos últimos dias. Cassiano ficou pasmo. Era muita carga para um lombo só.

Rapaz, essa Sandra Regina é osso, viu? disse ele. Bem que te adverti para ter cuidado. Se chama Núbia? Até nome falso a mulher usa, caramba.

Coisas da vida, Cassiano. Ela tem as razões dela, vai compreender! Mas agora está tudo bem.

Está mesmo?

Está, está, sim.

E dona Anastácia, hein? Derrubada, que pena. Mas ela se levanta, tira de letra esse baque. Aquela mulher é uma fortaleza.

Que você fale pela boca de um anjo. Só daqui a pouco eu vou saber do quadro dela.

Relatei a conversa com minha mãe no hospital, os maus pressentimentos de dona Anastácia.

Eu no seu lugar teria cuidado. Coração de mãe é fogo. Não brinque com isso.

Daí eu fiz a ligação com Sandra Regina, suspeitando que isso tivesse alguma relação com um acontecimento futuro que nos marcasse fatalmente.

Você pode estar certíssimo, meu amigo. Eu não teria aceitado ela de volta. Mesmo que eu pagasse uns seis meses de aluguel e lhe ajudasse nas despesas enquanto ela não tomasse o seu rumo. Teria sido uma melhor decisão.

Mas eu a amo, Cassiano. Não tem jeito. É muito forte. Eu não conseguiria.

Você quem sabe. A vida é sua. As ações e produtos dessas ações também. Eu gosto do amigo. Não gostaria que nada de mau lhe acontecesse.

Por fim, eu quis saber dele, Cassiano, que disse não ter muitas novidades afora o trabalho, as viagens a serviço, os cursos de capacitação que tinha feito fora. A vida afetiva estava zerada após o fim do noivado com Lúcia. A bem da verdade, estava bem apático neste sentido, pouco se interessando por outras mulheres.

Falar em Lúcia, tem notícias dela? atalhei.

Sim, respondeu. A gente se viu semana passada e resolvemos as nossas pendências materiais. Ela está voltando para o Sudeste. Os amigos conseguiram uma boa proposta profissional para ela por lá. Melhor assim. Longe dos olhos e do coração.

E quando disse isso, pareceu se desligar do mundo em nossa volta. Precisei chamar o seu nome várias vezes para que ele saísse daquela espécie de transe e despertasse num susto, an?, oi?, e voltasse daquele abismo em branco que mirava e nada via.

CINQUENTA E TRÊS

PELOS ÓCULOS *Ray-Ban* do tenente-coronel eu vi, espelhado, um homem de meia-idadc. Dava para ver o cabelo grisalho e a barba por fazer no branco adiantado. Estava confuso. Não entendia o que via, por que aquele homem aparecia ali, como uma visagem. Reconheci traços de meu pai, que tinha morrido com uns quarenta e tantos anos. Meu pai! Mas o que queria significar ele aparecendo do nada ali para mim? Que me trazia? Quando foi que ele me valeu em algum momento da minha vida para de repente dar os seus sinais?

Meu pai! Ah, meu pai. Me deste tão pouco. Poderias compensar esta ausência, tu tão longe, tu sabes, não te devemos a sobrevivência, mas a dona Anastácia e a nós mesmos, por instinto de autopreservação.

O diretor estava gritando, você é surdo, detento? Ou desaprendeu a língua portuguesa? Estou falando com você.

Eu falei. Mas era o senhor de meia-idade que mexia a boca enquanto eu falava. Eu movia a cabeça, ele me arremedava. Coçava a cabeça, o nariz, ele repetia o meu gesto.

Está escutando, detento?

Sim, sim.

Meu Deus. O cara grisalho sou eu. Sou eu, sou eu! Eu procurei, deliberadamente, me alienar sobre o tempo que corria depois da prisão. Nunca teve espelho no lugar em que estive. Temiam que fosse usado como objeto cortante. Quando eu ia à barbearia estava sempre algemado, regra de segurança para todos os presos. Lá tinha espelho, mas sempre o evitei como um demônio das sombras.

CINQUENTA E QUATRO

PAGAMOS AS cervejas e saímos do restaurante. Cassiano não estava em si e aí foi a minha merda. Eu já esquecia do momento anterior em que tive que trazê-lo de volta. Eu estava bêbado. Já ele...

Era sempre assim. Muitas vezes Cassiano reclamava comigo porque eu bebia tão rápido, sorvendo um copo e tornando a enchê-lo enquanto ele tinha apenas dado um ou dois goles vagarosos, sempre em desvantagem na hora de racharmos a conta.

Você precisa aprender a beber, Moacir, dizia sempre. Cerveja não é água que a gente derrama na goela, gute, gute, gute, acabou o copo... Nem suco, nem mesmo água a gente deve beber assim. Muita falta de educação. Tua mãe não te ensinou? Não, não, rapaz. É pra saborear. Pra que a pressa?

Eu realmente era assim. Nunca soube ao certo que sede era aquela. Cachaça eu não aguentava. Gostava do cheiro, mas não do gosto. Nunca me descia bem. Repugnava na hora. Não que eu não bebesse. Eu bebia. Bebia quando queria ficar bêbado depressa, lavando em seguida com a loirinha.

Cerveja, não. A vontade que eu tinha era de embeiçar o gargalho da garrafa de 600ml e bebê-la de uma vez. E muitas vezes o fazia quando bebia só. O resultado era que rápido também me encharcava, me embriagava, queria parar no melhor da festa, quando os amigos como Cassiano começavam a gostar da farra.

Está vendo? dizia ele, em tom de reprimenda. Eu não falei? Porra, me escuta.

Eu não consigo, Cassiano. Eu não sei o que é isso. Eu também não gosto. É maior que eu. E a coisa sempre se repetia. Era muito chato mesmo. Até hoje eu não sei que sede era aquela.

Resumo da ópera desafinada: a conta trazia, além dos petiscos, duas doses de cachaça de entrada e umas oito, nove cervejas. Dessas, Cassiano não chegou a tomar duas. Andava aprumado enquanto eu denunciava a embriaguez.

Enquanto a gente se dirigia às proximidades da Lagoa, em que Cassiano tinha estacionado o fusca, o efeito do álcool e a falta de assunto nos levaram a falar de mulher.

Lá volta Sandra, lá volta Lúcia.

Cassiano, por estar sóbrio, naquele dia estava muito sem paciência, mas eu não me dava conta. Estava impaciente, sobretudo para conversa de bêbado, mas eu insistia, falava de Sandra, Sandra, Sandra voltou. A voz embargava, as lágrimas afluíam. Depois ria fácil antes do choro chegar.

Falar de mulher ilimitadamente era um dos sinais de que realmente o meu repertório tinha acabado.

Rapaz, não tem mais o que dizer, não? atalhou ele num momento e eu devia ter ficado por ali, mas não fiquei.

Lúcia, eu disse, reticente e aquele nome o acendeu.

Que é que tem Lúcia?

Aí eu caí na besteira de narrar aos atropelos a pífia epopeia que tinha sido o dia em que Sandra me deixou, terminando com o encontro ao acaso com Lúcia na boate e o fim na história num motel.

Que babaca eu fui. Que falta de noção. Percebia que a respiração dele se alterava no momento em que comecei a referir a dança, mas continuei a falar, falar, como uma matraca velha e deu no que deu. Perdi um grande parceiro, meu melhor esteio até então.

Cassiano desfiou um bando de desaforos e acusações sobre a minha deslealdade como o amigo que ele me julgava e as sacanagens próprias de um filho da puta do escroto que eu era e que ele lamentava não ter notado antes, que idiota tinha ele sido, que idiota, repetia, tudo, tudo muito rápido, me desferindo de surpresa, antes de me deixar sozinho no meio da rua, um soco no olho, que me derrubava e me tirava provisoriamente a visão das coisas.

CINQUENTA E CINCO

O CÉU escureceu. Uma nuvem pesada ameaçava cair sobre nós. Eu sempre fui alérgico à chuva. Desde os primeiros anos. Morria de inveja ao ver as outras crianças correndo para a rua, se divertindo. Às vezes, não resistia. Ia pular com elas nos córregos, nas poças encharcadas. Era resfriado, gripe certa.

Detento Moacir!

Quis correr. Gato escaldado, cachorro doente, peguei pavor à chuva. Já respingava. O braço forte do tenente-coronel me segurou. O bicho tinha força.

Você é bode para ter medo de chuva, detento Moacir. Fique aí. Estou falando com você e quando falo quero ser escutado por bem ou por mal.

Os outros presos já se recolhiam, apressados. Minha camisa e minha bermuda, o uniforme do diretor, estavam ensopados. A água corria entre os dedos de meus pés na sandália havaiana. A mão dele esmagava o meu pulso.

Eu lhe escuto, eu lhe escuto. Pode falar.

Detento Moacir, por que você ainda não está numa cela coletiva?

Pela primeira vez, atentei no nome de guerra dele identificado em negrito pouco acima do bolso da gandola, antecedido pela abreviatura do tipo sanguíneo em vermelho: B+ TC Silva Neto.

Não sou eu quem devo saber isso, seu diretor.

Você é mesmo desaforado, hein?

Que foi que eu fiz?

Segunda-feira cedo, segunda, ouviu?, o lugar em que você dorme estará em reforma para nova serventia. Você não tem nada de especial para o tratamento que vem recebendo.

Eu nunca pedi nada.

Calado! E some da minha frente. Acabou o banho de sol. Porque eu mandei, não porque a chuva caiu.

Vi a cara de pena de João olhando para mim protegido pelo corredor coberto à frente.

Meu velho amigo Gil Soldado me alcançou no meio do caminho.

Se preocupa não, Moacir. A batata desse fie d'uma égua tá quase pronta. Senhor cagão José da Silva Neto, você não perde por esperar. Escreve. Segunda-feira ele não será mais diretor daqui. Domingo, após o banho de sol, volte imediatamente para o seu lugar. O estopim da bomba chega ao fim. Vai ter barulho grande. Mais do que isso. Cabeças vão rolar depois de muita coisa ir pelos ares. Bico fechado, hein?

Eu não sei de nada. Valeu, Gil.

Melhor assim, meu amigo. Felizes os que sabem pouco aqui. A esses pertence a graça da sobrevivência, disse ele, em tom messiânico.

Agradeço o aviso, Gil. Pode deixar.

Eu nunca me esqueço o que você fez por mim naqueles bons tempos, Moacir. Lembro de sua mãe, dona Anastácia, sempre tão boa comigo. Não quero que sobre nada pra você. O tempo de glória desse imbecil já acabou. Ei, vai lá que estão vindo alguns agentes ali e os bichos estão nos encarando com tanta raiva que só falta fechar os olhos.

CINQUENTA E SEIS

A PERDA de consciência foi passageira. Quando me levantaram ainda vi Cassiano dobrando a esquina num passo ligeiro. As pessoas em torno estavam revoltadas, protestando, pra que tanta violência? Era para chamar a polícia, diziam. Não permiti. Disse que foi um mal-entendido e que a culpa tinha sido minha, que ele era um bom homem, que o deixassem em paz. Queria ter corrido até ele e me abraçado às suas pernas pedindo perdão. Não conseguiria. Pouco tempo depois já o via passar pelo anel interno da Lagoa no fusquinha, envenenado, cantando os pneus.

Cassiano tinha dito que iria comigo até o hospital. Gostava de minha mãe que o tratava como se fosse um filho.

A senhora é a mãe que eu não tive, que perdi tão cedo, sempre fazia questão de dizer. Agora, já era.

Dei com a mão para um táxi que passava. Que arrancasse para o Hospital Treze de Maio. Lá, eu passaria primeiro pela enfermaria para um curativo.

Minha mãe arregalou os olhos ao ver a gaze e os esparadrapos na minha cara. Tremeu na cama, quis falar. Calma, mãe. Bati com a cara num poste faz pouco tempo. Tô muito atarantado ultimamente. Tanta coisa, tanta coisa. Mas não foi nada, viu? Em dois dias tá sarado.

Procurei o médico plantonista com quem já tinha falado pela manhã. Ele estava de posse dos exames realizados. Com a frieza peculiar, não me poupou. Falou que o caso pontual de minha mãe era cardíaco, mas estava associado à situação pneumonológica. O caso de dona Anastácia era muito, mas muito delicado mesmo. O raio x não engana, asseverou. Não sou de mentir para os parentes dos meus assistidos. Pelo quadro, o senhor me desculpe a franqueza, mas a sua mãe não tem muito tempo de vida.

Gelei. Buscava terra nos pés, mas cadê? Não sabia o que seria de mim sem ela. Minha mãe tinha apenas 55 anos, tanta disposição, meu Deus. Um sorriso tão fácil, quanta alegria ostentava apesar de tudo que tinha vivido. Não, não podia ser verdade.

Meus irmãos estavam chegando e eu os pus a par do quadro de nossa mãe com a vaselina que o médico não quis usar. Disse que a situação requeria cuidados, mas se Deus quisesse ela superaria mais essa.

Glória a Deus, que é Pai e não padrasto, disse Zulmira, com fervor cristão.

Cláudio, que não era muito de falar mas de perceber, suspirou e fechou os olhos em busca da luz tão difícil.

A alegria do retorno de Sandra Regina sufocou a curiosidade de saber onde ela esteve e por onde ela andou nos nove dias afastada de mim. Nesse período, que pareceu uma eternidade, claro, era impossível não pensar nela, mesmo quando anestesiado pela cerveja, mesmo quando possuía animalescamente outra mulher. Em tudo estava impressa a face de Sandra Regina. Definitivamente.

De início, no dia do reencontro, esperei que ela tocasse naturalmente no assunto. Mas parecia que nada tínhamos a dizer um ao outro com palavras, com relatos ou descrições disso ou daquilo. Só as ações, pensava eu, falavam e diziam que nós nos queríamos muito um ao outro, carnal, presencialmente. Olhares, toques, lambidas, cheiros, arquejos e suspiros ao pé do ouvido.

Ela voltando, era como se nada tivesse acontecido. Não me ocorreu em momento algum perguntar-lhe nem ela tocar no assunto. Espécie de pacto de esquecimento, a gente se entregava, em desespero, ao ato de valorizar todos os instantes que ainda tínhamos. Como se nos restasse pouco tempo e a intensidade das coisas vividas fosse eternizar tudo, compensar o que não teríamos mais.

Quando, na conversa com Cassiano do Bar da API, ele me perguntou onde Sandra Regina tinha ficado durante essa semana e dois dias, onde conseguiu dinheiro para bancar esses custos, eu me desconcertei: rapaz, tu me pegaste. Essa resposta eu não tenho. Cassiano balançou a cabeça e riu. Outro assunto tomou assento.

Nos dias que se seguiram ao retorno dela, com exceção do expediente na repartição, esqueci do mundo em volta. Negligenciei a atenção à minha mãe. Ela, ao contrário, não relaxava nos seus cuidados. Como eu tivesse passado a Cláudio o telefone do trabalho e da vizinha, dia sim, dia não, meu irmão ligava de algum lugar. As frases não se alteravam: mãe mandou ligar pra saber como você está. Tô bem; diga a ela que tá tudo tranquilo.

Eles nem sabiam que Sandra tinha voltado. Tanto que Zulmira se surpreendeu quando chegamos juntos ao hospital. Para Cláudio, tanto fazia. A suma indiferença aquele homem. O momento era delicado demais para nos determos nesse particular. Se com Zulmira, com quem era muito dada, Sandra tocou no assunto na minha breve ausência na UTI com minha mãe, não pude saber.

A pergunta de Cassiano estava martelando na minha cabeça uma semana depois. A preocupação com a doença de minha mãe se impôs acima de tudo e não consegui pensar em mais nada nesse tempo. A rotina com Sandra esfriou. Ela se manteve solidária, tentava me distrair, massageava minhas costas quando me encontrava tenso numa cadeira. Eu lhe agradecia, aquele peso enorme sobre os meus ombros. Só o estado de saúde de minha mãe me interessava.

Na manhã da segunda-feira, minha mãe teve alta hospitalar, malgrado a debilidade de sua saúde. Mas era aconselhável que ela ficasse em casa, com os entes queridos, opinou o médico. Por minha mãe, era evidente, teria retornado à casa no dia seguinte. Voltei ao trabalho, pois o atestado para acompanhar parentes, emitido pela direção do hospital, era de sete dias.

A pergunta de Cassiano, os maus presságios voltando. Não, eu não acreditava que Sandra Regina tivesse ido muito longe. Me ocorria pensar que ela tinha estado por perto, na casa da amiga de escola que a tinha abrigado antes, possivelmente. Sim, era isso. Sandra não podia ter ido ao Maranhão e voltado tão rapidamente. Não era compreensível. Daí, me voltou a ansiedade. As palavras de minha mãe quando me advertia sobre o que poderia advir e que só eu poderia evitar. E sobre a ficha que não caía, a ficha que não caía. E por que eu não conseguia ver nada à frente? E por que tudo era tão nebuloso?

A ficha não caía. Eu não queria ver as dicas. Eu pedia luz e a luz vinha, me encandeando. Eu punha uma venda. Mas há claridades que nada pode conter. Na tarde daquele dia, o pastor me ligava para o telefone do trabalho. Não bastasse o problema de saúde de minha mãe, vinha aquele *féla* da puta me trazendo mais.

Senhor Moacir, boa tarde.

Quem é?

Carlos Antônio, o esposo, ainda oficial, de Núbia Regina da Silva Bastos, acentuou ele com uma certa ironia. A sua Sandra Regina.

Corno oficial, quis eu dizer. Mas não disse, não tinha ali espírito para essas tiradas.

Que é que o senhor quer comigo?

Mais uma vez desculpe se lhe incomodo. Mas sinto-me no dever de participá-lo de alguns acontecimentos que datam de três semanas. Eu não tinha gravado a informação do seu local de trabalho, por isso que não fiz o contato imediatamente. Só hoje consegui falar com a amiga de Regina e obtive dela o nome de sua repartição. Então liguei para o cento e dois e aqui estou falando com o senhor.

Continue, disse eu, secamente.

O senhor sabia que Regina passou uma semana aqui em São Luiz, não sabia?

Não. Isso é totalmente novo para mim. Ela fez as malas, deixou a casa em que moramos. Nove dias depois me procurava no trabalho e voltou comigo. Até agora não tocamos no assunto. Onde ela esteve, o que fez, nada disso abordamos ainda.

Acho estranho, muito estranho, mas tudo bem, disse o crente.

Sim, mas é o que estou dizendo. Não preciso estar mentido para o senhor. Não lhe devo nada.

Calma, não é necessário se alterar. O certo é que não acredito que o senhor teve participação no que aconteceu, pelas particularidades.

O que aconteceu? falei, começando a ficar nervoso.

Acho que ela não teria tido coragem de lhe falar, realmente.

Fale, homem, pelo amor de Deus.

Uma bomba.

Os acontecimentos que a narração dele desfiava explodiam jogando cacos para todo o lado. A ser verdade o que ele me trazia, o que eu já não duvidava que fosse, eu tinha estado o tempo todo com uma louca ao meu lado.

Pois bem, lá vai. Na noite da segunda-feira, que hoje faz vinte e um dias, Regina me procura em casa.

Não me diga.

É verdade. Também fiquei sem acreditar.

Vá em frente, por favor.

Eu tinha acabado de jantar com João Filipe. A campainha tocou. Pensei que fosse um irmão ou uma irmã que sempre vêm até minha casa. Tive um susto. Era ela. De mala e cuia, como diz o povo. Que é que você faz aqui? Onde está o seu companheiro? E ela: Deixei ele. Quero voltar. Quero ficar ao lado do meu filho. Você me aceita de volta? Brincadeira, meu senhor. Não aguentei. Você só pode estar louca.

Meu coração perdeu o ritmo. Eu hesitava em acreditar no pastor, mas sabia que tinha lógica o que ele falava e nesse misto de indecisão a raiva vinha num crescendo. Uma ira silenciosa. Nem minha respiração era possível ouvir. O crente parou de falar.

Alô? Está ouvindo?

Sim, prossiga, prossiga.

Para ser sincero, tive pena dela, disse ele. Eu sabia que era por causa do menino que ele fazia aquilo, que se sacrificava.

Comecei a me surpreender com a grandeza humana do infeliz. Quem se enganava?

O pastor continuou a falar. O telefone doía contra a minha orelha, a voz metálica do condenado batendo, batendo, batendo.

Disse a ela, continuou o crente, que não podia aceitá-la de volta como mulher depois do que ela tinha feito. Que o acontecido já era sabido de toda a comunidade evangélica. Que pegaria muito mal para a minha imagem. Que eu precisava servir de exemplo. Ela começou a chorar. Então me aceite como empregada. Que é isso, Regina, disse eu. Já contratei uma para tomar conta de João Filipe. Ademais, as irmãs sempre me ajudaram na sua ausência. Não precisamos. Depois, quem vai acreditar que você se encontra aqui nesta condição? Todo mundo iria me condenar, me achincalhar. A minha recusa só fez aumentar o desespero dela. Chamava a atenção da vizinhança. João Filipe tinha se desgarrado da empregada e corria ao portão gritando com alegria pela mãe. Foi um quadro triste com ela tocando o menino pelas brechas do portão. Chorava um de cá e uma de lá. Me condoí, confesso, que sou cristão e tenho sentimentos. Mas não podia abrir a guarda assim. Ordenei que a empregada recolhesse João Filipe. Fui firme e objetivo com Regina. Era fato que não haveria chance alguma dela voltar ao lar. Contemplei o seu total desamparo. Ali estava, vindo direto da rodoviária até nós. Aconselhei que ela procurasse a casa dos pais. Sim, eu sabia das dificuldades deles, que a vida nunca foi fácil lá, e lhes daria uma ajuda de custo para que acolhessem uma boca a mais. Quanto ao menino, eu ia permitir que ela o visitasse até que tudo fosse disciplinado na audiência do divórcio com o juiz. Fui ao cofre em que guardava as doações dos irmãos destinados ao meu sustento e retirei uma quantia suficiente para que ela tomasse um táxi e fizesse umas compras para a casa dos pais. Que voltasse no dia seguinte depois das quatro, que era quando eu retornava dos afazeres do meu rebanho.

Tomei o ar e respirei profundamente.

Agora, retomou ele, se espante com o que ela aprontou. No dia seguinte, já me esperava na calçada antes que eu chegasse em casa. Sim, eu tinha ordenado que ela não entrasse em casa na minha ausência. Entrou comigo, armou a festa com João Filipe, beijo, mais beijo e juras. Mal dei as costas para ir ao banheiro, o que fez ela? Raptou o menino. Sim, já estava com tudo armado. Bem que eu tinha visto um táxi parado na esquina com o motorista dentro, mas não dei importância. Pois estava de combinação com ela. Deu com a mão, o carro veio, ela saltou com João Filipe dentro e voaram. Sorte minha que um irmão vinha chegando de carro e saímos em perseguição. Trancamos o táxi e gritamos pro motorista que ele estava envolvido numa ilegalidade e que iria se complicar com isso. Abri a porta do carro e retirei João Filipe aos berros de lá. Quanto a ela, disse-lhe que estava indo imediatamente registrar uma queixa na delegacia por sequestro da criança. Ela entrou em pânico e pediu que o motorista arribasse sem demora. Mais tarde, soube que ela não procurou a família coisa nenhuma e que ficou numa pensão na rua das Crioulas, no centro de São Luiz, planejando o mal. Essa mulher é o demônio, meu senhor.

Respirei mais uma vez.

O que o senhor me diz é realmente impressionante, falei. Assustador. Não tenho palavras.

Ela já tinha a passagem de volta comprada e voltou imediatamente para João Pessoa, acrescentou ele. Adianto que a princípio pensei que o senhor estivesse também envolvido na história e citei o seu nome na queixa à polícia. Agora, sei que não e vou consertar isso. Transmita um recado para ela: está vindo uma bomba por aí. Só quero que ela saiba disso e se prepare. Era tudo o que eu tinha a lhe inteirar. Desculpe o incômodo. Passe bem.

Passe bem o caralho, seu filho de uma égua, resmunguei, o aparelho já desligado. O emissário do diabo tinha vindo apagar todas as luzes do nosso caminho. A sala mais fechada do inferno nos esperava.

CINQUENTA E SETE

CHEGUEI À cela. Sentei na cama. O corpo estava anestesiado pelo frio do qual não me dava conta. Pensei que esse seria um bom momento para eu pagar em definitivo a minha pena, ou acrescê-la, pouco me importava. A pressão dos dedos do canalha no meu pulso latejava, estava doendo com a vontade de vingança que crescia contra ele. Ficar na minha cela escondido como um covarde porra nenhuma. Eu estaria também naquela rebelião. O tenente-coronel Silva Neto seria meu. Ah, se eu pudesse...

João veio interromper os meus pensamentos. Lá do canto dele. Vi que tinha medo de minha cara para se aproximar.

Moacir, você está tremendo. Troca essa roupa. Vai ficar doente.

Quando eu lhe respondi, percebi que os dentes batiam violentamente uns contra os outros. A mão direita segurando com força a borda do colchão de espuma.

Vá se lascar. Não pedi sua opinião. Fique na sua. Eu é que sei o que é bom ou mau para mim. Fecha a porcaria dessa portela de uma vez, pelo amor de Deus, caralho.

Ele obedeceu com um olhar triste. Eu me deitei do jeito que estava. Não trocaria de roupa. Que ela secasse no couro com a temperatura do corpo. Enquanto eu tremia um fogo avançava. Um suor sem contenção me tomava. O tremor aumentava, me sacudindo com ignorância. Domingo é o dia, balbuciei antes de o estupor tomar conta de mim. Domingo é o dia do sol mudar de cor e se levantar pedindo lua, eclipse absoluto de nossas vidas neste lugar.

CINQUENTA E OITO

SANDRA REGINA, quem é você? Essa majestade que entronei na minha vida, eu o seu vassalo e bobo da corte, quem realmente é? Não parava de dizer para mim mesmo. Falava alto enquanto caminhava, no fim do expediente. Praça dos Três Poderes, início da avenida Dom Pedro II. Queria cortar caminho. Evitei a parada de ônibus dos Correios, na Praça Pedro Américo. Melhor a do Mercado Central. Coletivo lotado, a tortura da viagem em pé, mas abreviaria o tempo da chegada. As pessoas me viam, trocavam olhares umas com as outras, riam. Eu não me importava. Sandra e a sua nuvem eram o que interessavam naquele momento.

Sandra, Sandra, quem é você?

An? fez a mulher ao meu lado dentro do ônibus.

Nada, nada. Desculpe.

Fiquei calado por um momento. O pensamento fervendo queria vazar, transbordar o tacho da cachola, se espalhar em sílabas, larvas pela boca. Estava em transe.

A gente encontra cada marmota, cada presepada andando de ônibus. Tanto doido nesse mundo, disse um camarada lá atrás.

Daqui e dali, um início de riso se esboçou no coletivo, e eu ri junto com eles, forçadamente tentando superar o volume de todos, agressivo, encarando-os, pobres dementes anestesiados que não sabem, nunca aprenderam ou têm vergonha de sofrer. Ri com eles e de mim, rindo deles.

Um bêbado veio acudir a todos na sua sabedoria, mal conseguindo se segurar, caindo por cima de todo mundo.

Deixa, deixa, gente. Conheço bem isso. Deve ser dor de corno. Enfraquece o juízo de qualquer cristão.

A gargalhada explodiu sem amarras, todos se acabavam de rir, os mal-humorados, o motorista e o cobrador, policiais fardados, carteiros voltando para casa, eu junto, gargalhei sem achar graça. Eles riam. Riam de mim e eu ria deles. Que se fodesse a noção do ridículo.

O percurso foi mais breve do que eu esperava. Desci na parada a dois quarteirões de casa. Uma vaia me acompanhou de dentro do ônibus. Mandei-lhes uma banana.

Vai, doido! alguém gritou do coletivo.

Eu tinha realmente saído de mim. Era outro. Ou o mesmo, sem as reservas, sem a máscara que os momentos extremos não deixam ficar. Aquilo não me ocorria. Eu só tinha uma preocupação. Um único assunto a esclarecer. Nunca um telefonema me perturbou tanto. Pelo telefone. O diabo não manda avisar.

Pelo telefone falo pela última vez com Cassiano neste mesmo tormentoso dia. Uma voz divergente da que sempre ouvi. A voz de um ex-amigo. Fria, fria, como as águas da maré que jamais voltarão.

Cassiano! Que bom que você me ligou. Precisava tanto te falar. Coisas a esclarecer, coisas tão caras a resgatar.

Temos pouca coisa pra falar, Moacir. Já dei muito com a cara na parede por comprar as pessoas pelo que elas não são. Preciso tomar tento na vida.

Cassiano!

Na verdade, eu nem gostaria de ter essa conversa. Nem agora, nem nunca mais.

Porra, Cassiano!

Cara, não tenho tempo para muitas delongas. Vou retornar ao batente. Não sou funcionário público.

Rapaz, deixa disso. Tantos anos de amizade.

Não deve falar de amizade quem não sabe o que é isso.

Suspirei. Sem argumentos.

Seguinte, Moacir. Como te disse, não gostaria de ter ligado pra você, mas sou um idiota mesmo, apegado à correção. Na verdade, você não merecia este cuidado, mas achei que devia. Que fazer?

Outra má notícia, intuí de imediato.

Quero te avisar que fechei negócio com a casa de Mangabeira. Passarei os papéis esta semana para a corretora de imóveis. Você tem novamente trinta dias, como no começo, quando me pediu a casa emprestada. Só que desta vez é pra valer. Não serão trinta vezes dez como praticamente se tornaram. Fechei este acordo com a empresa, que deve te procurar em seguida. Aconselho que você não brinque porque eles sabem como lidar muito bem com isso. E é só. Até não mais.

Em todo caso, muito obrigado por tudo. E me desculpa, por tudo também. Felicidades, Cassian... O telefone ficou piando como resposta no meu ouvido por um minuto sem eu me dar conta de que ele já tinha desligado.

Cheguei em casa. Ultrapassei o portão, a porta. Sandra Regina estava na sala. Folheava uma daquelas histórias românticas. Baixou o volume até as pernas cruzadas. Sorriu e o sorriso sumiu rapidamente quando atentou nas minhas feições. De início eu fiquei apenas olhando para ela, tentando ver além do que a sua casca poderia me mostrar. Não conseguia. Não via muito. Via a Sandra que o acaso havia me trazido e que eu tinha aceitado como um presente.

Oi, meu amor. Que aconteceu? Tá com uma cara! Fala, tô ficando preocupada.

Sandra, eu disse, e o seu nome saiu pesado, como Núbia. Quero que você me conte tudo o que eu não sei.

Como assim? Contar o que você nao sabe? Não tô entendendo.

Quando você me deixou naquele sábado. Me conte tudo o que aconteceu depois disso até você me procurar no trabalho nove dias depois.

Ela tremeu a cara. Gaguejou. Quis ganhar tempo. Não lhe dei essa folga. Minha voz saiu com raiva, gritada.

Recebi um telefonema de Carlos Antônio hoje, Sandra. Isso explica como me sinto.

O nervosismo tomou conta dela.

O que aquele miserável foi dizer pra você?

Não importa. Quero ouvir de você. Não enrole, Sandra. Vá, vá, fale logo.

Eu não tô lhe enrolando. Calma. Não é assim.

Está, Sandra. Não me peça calma. Não tenho. Não tenho nenhuma. Não me esconda nada.

Ela falou. E tudo coincidiu com o que o pastor havia me dito. O fato de ter recebido uma ajuda em dinheiro dele, de não ter procurado a família, de ter dormido numa pensão no centro de São Luís, de ter tentando levar o menino, de ter fugido na sequência com medo de ser presa, que era o desespero de uma mãe, Moacir. Você não sabe o que é isso. Nunca quis entender, nem me ajudar.

Ela me ocultava o principal. O que de fato havia me enfurecido. Que tinha se oferecido para voltar a morar com ele. Aquela esperteza dela, aquela falta de caráter fazia me sentir usado ao extremo. Que a minha única utilidade para ela era servir de suporte para salvar a sua barra.

Isso foi tudo, disse ela.

Não foi, Sandra. Quero ouvir mais.

Ela começou a chorar.

Deus amaldiçoe aquele desgraçado até o último dia de sua vida, gritou.

Logo se recompôs. Me olhou.

Eu sei o que ele lhe disse. E é verdade.

Então você confirma que pediu a ele para voltar.

Sim, pedi, reconheceu, friamente. Pelo meu filho eu faço tudo. Se tiver outra chance, repito tudo do mesmo jeito. Você não é mãe pra saber.

Eu estava prestes a espumar de raiva. As palavras saíam em vômito.

Então eu pouco significo para você, não é isso?

Você é importante, sim. Mas não tanto quanto o meu filho.

Importante enquanto lhe puder ser útil, admita.

Ela retomou o controle.

Ah, Moacir. Deixa de drama.

Eu não tinha controle.

Drama? É isso o que você chama o que estou sentindo agora? Descobrir de repente que sirvo apenas para ser usado, nada mais que isso, para a conveniência de outro, é drama? Drama o caralho. Escuta bem, Sandra. Minhas ilusões com você foram pelo ralo. Fodeu.

Ela deu de ombros.

Sim, expresse sua indiferença. Agora, bem lhe conheço. Acabou, ouviu?

Não tô entendendo.

Acabou, Sandra. Toma teu rumo. Não quero mais viver com você.

Como assim, toma teu rumo? Você me chamou para morar com você. Eu não me ofereci. Pensa que sou um trapo que se pode descartar assim?

Cassiano vendeu a casa. Só me deu trinta dias para desocupá-la. Eu devo sair antes disso. Em uma semana procuro meu destino. Sumo no mundo. Não tenho muito a perder. Se você quiser permanecer até receber uma ordem de despejo, tanto pior pra você.

Ela ficou em silêncio enquanto eu voltava a cruzar a porta da frente, apagando, propositadamente, a luz.

CINQUENTA E NOVE

CHOVE SEM acordo, sem trégua, dia e noite, ninguém sai do seu quadrado, ou do seu retângulo.

Os guardas põem a comida por baixo das grades, tremo, espirro o tempo todo, esse visgo salgado saindo pelo nariz que enxugo no lençol incomoda que só a porra, tusso, peido quando tusso, dói o peito, não o cu, como da vez que me operei das hemorroidas.

Estou sem fome, vou mijar e belisco pouca coisa da comida que deixaram, o resto jogo na privada, para mijar é bom, para cagar nem sempre, o camarada precisa ter força nas pernas para ficar de cócoras ali, acho que não conseguiria agora se precisasse, isso penso e volto a tremer, espirrar, o suor correndo em bica, sinto a garganta dolorida, o hálito fedorento, caio na cama...

Riscos dançantes saltam à minha frente, tantos demônios queimando no fogo junto comigo e que devo exorcizá-los, vejo pouco, tudo embaçado.

SESSENTA

SAÍ CORRENDO dali. Não conseguia passar um único minuto no mesmo lugar que Sandra Regina depois daquela revelação. Me sentia uma bosta e queria lutar contra isso. Estava sujo, com mau hálito, fedendo a suor depois de todo o dia fora, mas tudo o que eu pensava era fugir dali. Um abuso enorme de Sandra por ter me enganado todo esse tempo. Hoje, vejo que não foi ela que me enganou, e sim eu mesmo, mas não tinha essa clareza lá atrás.

A minha roupa estava praticamente toda na casa de minha mãe. Muitas vezes eu vinha comer algo rápido, vestia uma limpa e deixava a outra para lavar. Algumas peças que eu tinha ganhado de presente ainda eram novas. Peguei o primeiro ônibus que na minha cabeça voou até a avenida Epitácio Pessoa, tomando a segunda condução que nem vi chegar em Mandacaru, na parada de casa. Ponto final, anunciou o motorista. Tive que fazer o percurso a pé até a rua em que moravam meus parentes. Tudo tão rápido e mágico, próprio desses estágios de dormência.

Revi minha mãe bem debilitada. Zulmira sempre cuidadosa ao lado dela. Tinha uma dependência vital da mãe desde pequenina. Não ia muito longe sem ela. Cláudio ainda não havia chegado. Beijei as duas na testa.

Ficaram assustadas com minha chegada. Quiseram saber o que estava havendo.

Acabou, acabou de vez.

A interrogação nos rostos era o único sinal que conseguiam exprimir.

Sandra é a pessoa mais falsa que encontrei em toda minha vida. Me fez de idiota todo esse tempo, a cachorra. Me fez não valer nada. Não quero vê-la nunca mais.

Elas não sabiam o que dizer.

Não precisam falar nada. Não falem. Preciso de um banho, preciso sair, preciso da cópia da chave de volta, mas deixa pra depois, pois hoje eu só chego amanhã.

Zulmira era um vazio de pensamentos, de perplexidade. Mas minha mãe, do alto de sua experiência, expressava uma preocupação pesada, própria dos que temem pelos seus.

Tomei um banho demorado. Escovei os dentes. Masquei algumas cabeças de cravo da índia. Não tinha fome, embora o estômago me desmentisse. Minha mãe, cuidadosa, não vai comer nada, meu filho?

Estava muito enfraquecida depois da internação no hospital. Caminhava com dificuldades, a respiração curta, as mãos tremiam quando segurava algum objeto. Zulmira corria para ajudar.

Não, mãe, brigado. Como na rua. Na rua, não. Vou a um restaurante. Preciso espairecer. Ver outras pessoas, movimentação.

Fui ao guarda-roupa. Pus um terno, apertei a gravata que já trazia o laço feito desde a rara ocasião formal que usei, no casamento de Cláudio. Minha mãe sempre teve o cuidado de pôr minhas roupas ao sol para que não recendessem a mofo. Incrivelmente, o terno ainda cheirava a novo e eu tinha emagrecido muito ultimamente. As medidas ainda eram as mesmas. Pus o desodorante e o perfume de Cláudio, para ansiedade de minha mãe, que temia que ele me flagrasse no delito.

Eu não suporto confusão, meu filho. Você sabe como ele é, você sabe. Se vocês se atracarem, juro que não aguento.

Toquei com afeto no seu cabelo, no rosto. Outro beijo na testa.

Já vou, mãe. *Bença.*

Deus te faça feliz! Deus te faça feliz!

Saí como um lorde para tomar um táxi na rua principal. Estufei bem o peito, caminhei com decisão. Precisava lutar contra aquilo que ofuscava toda a luz que eu ainda pudesse ter.

SESSENTA E UM

EXORCISMO, PADRE,

padre, o senhor sabe a fala do exorcismo?

claro, meu filho.

como é, padre?

ele gostava de mim, queria que eu fosse coroinha.

olha, está no *Rituale Romanum, o Exorcismus in Satanan et Angelos Apostaticos*, nem preciso do livro, sei de cor, palavra por palavra, mas não me é permitido pronunciá-lo em vão, pode atrair *cosas malas* sobre mim e sobre quem ouvir.

conversa mole, padre, o senhor sabe nada.

sei, não duvide de minha palavra.

então qual é?

ô menino, afasta-te.

como é, padre?

não posso, filho, não posso emitir estas palavras por divertimento.

padre fanfarrão, sabe de nada.

ora, sei, sim, seu fedelho, cramunhão em miniatura, eeeu sei!

a voz engrossou, me deu medo de ouvi-lo num jato, sem pausa, um fôlego só, eu me arrepiando como se o bicho feio estivesse mesmo no lugar.

ergo draco maledicte et omnis légio diabólica adjurámus te per Deum vivum per Deum verum per Deum sanctum per Deum qui sic diléxit mundum ut Filium suum unigénitum daret ut omnes qui credit in eum non péreat sed hábeat vitam æternam cessa decípere humanas creatúras eisque æternæ perditiónis venénum propináre désine Ecclesiæ nócere et ejus libertáti láqueos injícere vade sátana invéntor et magister omnis...

eu saindo numa carreira danada e nunca mais quis ver aquele padre, que morreu pouco depois num desastre quando ia ver o arcebispo.

o padre pagou, o padre pagou, a minha vez ia chegar, eu sabia e temia pela minha vez que ia chegar, eu não tinha dúvida, ela ia chegar, mais cedo ou mais tarde, chegaria, chegava.

corro demais, corro demais, não espero que termine, era a mim que ele exorcizava, tomava o ar e me olhava, os olhos enormes, faiscando, se acendendo, se apagando.

SESSENTA E DOIS

A ESMO. Tinha saído assim, sem pensar no destino. Disse para o taxista boa noite, mestre, vamos pro centro. Pavilhão do Chá. Ele me deixou onde pedi, paguei. Ocupei uma mesa e pedi gim com tônica. Tomei umas cinco doses muito rapidamente. Eu estava podendo. Tinha entrado uma boa grana de uns atrasados no salário e eu saquei tudo antes de começar o expediente, com o intuito de comprar um presentinho para Sandra quando saísse, um vestido em que ela ficava linda, uma sandália rasteira que combinava com a simplicidade dela, a tevê em cores que ela sempre pedia para ver as novelas, a Sessão da Tarde. Esse dinheiro agora não tinha destino tão nobre. Que tudo se fodesse, merda, merda, merda.

Um cara um pouco mais velho, que se dizia poeta, me abordou. Me ofereceu para comprar uma brochura grampeada que folheei e achei muito fraca. Mas o que ele verbalizou na proposta me deu uma tristeza enorme: Compra aí para me ajudar. Deus, como pode um artista descer tanto na sua dignidade? Perguntei se ele já havia jantado e, diante da resposta negativa, convidei-o a sentar comigo, pedi ao garçom que lhe trouxesse um refrigerante (não pago drinques para desconhecidos), disponibilizando o prato de salgados que eu tinha pedido como acompanhamento e não sentia vontade de comer. Ele devorou todos rapidamente. Falamos pouco, embora eu desejasse muito ouvi-lo, ouvir voz de gente, mas tudo que ele pôde emitir foi obrigado, você é muito legal, legal por quê? pensei eu. Foi embora em seguida, abordando outras mesas.

Paguei a conta e desci a General Osório, chamando a atenção pela formalidade, o sapado brilhoso, o terno impecável. Entrei no primeiro estabelecimento que tinha o nome de pousada. *Raio de luz*, era o nome que continha a placa com a logomarca da Brahma, umas mesas e cadeiras na parte externa, tudo fachada para o baixo meretrício.

Escolhi uma mesa. À frente, algumas garotas estavam sentadas no colo de marmanjos que lhes enfiavam a mão no meio das saias. Uma veio até a mim e perguntou se eu queria companhia, ao que respondi que queria muito, muito mesmo.

Ela sorriu e sentou. Perguntou se poderia pedir uma dose. Quantas quiser, eu disse, mesmo sabendo que não tinha tanto dinheiro assim e a dose que ela pedia era guaraná com gelo que eu teria que pagar pelo preço de um bom uísque. Tomou umas três me acompanhando no rum com a soda limonada que encontrei naquele lugar.

Ao fim das bebidas, acariciou o meu braço e perguntou se eu queria namorar. An? Eu não entendia bem o que seria aquilo, mas, sim eu queria namorar. Ela me conduziu por um corredor.

Quatro paredes estreitas. Um rolo de papel higiênico aos pés da cama. Uma pequena bacia d'água numa das quinas do quarto. O ar mesclado de esperma. Uma barata aqui, outra além.

Namorar... Namorar... Ali estava o meu amor.

Ia sentando na borda da cama e... Não! Queria sair correndo dali.

Oxe, já vai? estranhou ela. Vem aqui, me chama, pra nada?

Pra nada, ela ficou repetindo, nada, nada, nada, fazendo a gente de besta.

Assim tinha eu saído em busca de uma clara vereda e o que tinha encontrado? Tudo que a mim me bastava. Era o que eu perseguia para o sentimento da miséria humana que ainda me faltava.

Tirei do bolso uma nota de quinhentos cruzados. Esmaguei-a com força entre os dedos. Atirei-a na cama, feito um bolo. E saí, curvado, sem nada avistar à minha frente.

SESSENTA E TRÊS

AI, MEU Pai, me leva agora, meu pai,

meu pai está à minha frente, o homem grisalho nos óculos Ray-Ban do tenente-coronel, mas não é ele, sou eu, sou eu que fiquei velho, mais velho do que meu pai quando morreu,

a tremedeira aumenta, a roupa pregada no corpo, embebida de suor,

eu ouço vozes, ouvia vozes quando eu vim para cá, não sei quando e faz muito, muito tempo, pois estou velho,

eles vão me despejar daqui brevemente, não posso consentir, não sei o que fazer lá fora, meu mundo é esse aqui,

eu ouvia vozes, eu tremia quando aqui cheguei

eu não parava de beber um dia sequer nos últimos meses e não me traziam ao menos uma lapada de rabo de galo,

eu tremia e era um dia quente,

delirium tremens, disse um homem de branco,

que eu pensei que fosse um babalorixá,

meu pai confiava neles, opinião de ouro,

delirium tremens, repetiu para o diretor, levem ele imediatamente para a enfermaria, puxem as persianas, desliguem as fluorescentes...

SESSENTA E QUATRO

O chefe imediato da repartição não largava do meu pé o tempo todo. Queria me pegar numa virada a qualquer momento, que eu me traísse, que tivesse um baba-ovo ali perto para servir de testemunha para me lascar de vez, me aplicar uma boa suspensão ou até mesmo exclusão do serviço público. Sabia que eu teria problemas adiante. Não tinha estabilidade. Estava no estágio probatório. Eu precisava me blindar. Voltei à associação dos servidores. Ainda tinha um ano de mandato na diretoria. Garantiria minha imunidade. A companheirada é corporativa. Se ele me tocasse a zoada ali seria feia.

Eu me escalava para tudo. Viagem ao interior? Eu me declarava voluntário. Um seminário na Central dos Trabalhadores? Lá estava eu. Uma semana em Brasília, ninguém podia? Ponham o meu nome. Havia um acordo firmado com a direção central. Bastava um ofício assinado pelo presidente da associação para que eu fosse liberado do ponto.

Eu bebia como um louco. Um cheiro de cerveja saía pelos poros a todo tempo. Eu bebia até apagar. Eu viajava bêbado, em toda reunião chegava bêbado. Mas tinha o discernimento necessário para falar, propor sempre alguma coisa e depois fazer um relato para a companheirada que tinha me designado.

Vez ou outra trepava com alguma sindicalista, alguma moça do movimento estudantil, uma representante dos Sem-Terra. Não as distinguia. Eram mulheres, plantas também com sede, e isso é o que importava. E um priquito nesses momentos não vai mal. Depois de uma cerveja todo mundo é atraente. Um riso aqui, um abraço acolá, um beijo adiante. De repente, estávamos na cama, atracados em pé no banheiro, num canto de parede.

Isso não durou muito, vale dizer. Três dias antes do prazo dado por Cassiano para desocuparmos o imóvel. Eu precisava voltar lá e pegar as minhas coisas, roupas, alguns livros, documentos importantes, se é que Sandra Regina não houvesse dado fim a tudo só de ruindade. Coincidentemente, passei na repartição e lá fui comunicado do processo de minha remoção que enfim tinha retornado de Brasília.

Lá estavam os autos para eu dar ciência. A autoridade local tinha me cedido de bom grado; a do Maranhão tinha me aceitado. Brasília tinha aprovado. Bastava a minha assinatura para seguir para o visto final e a publicação no Diário Oficial da União, para tudo ser concretizado. Sorri com amargura. A solução de muitos problemas entre mim e Sandra estava ali, tivesse chegado em tempo hábil. Para que servia naquele momento? Para alimentar uma angústia, uma desilusão imensa pensei eu.

Eu estou liberado do ponto, disse eu para a chefe de pessoal. Vim só procurar um colega para um assunto particular. Não estou aqui, não vi isso ainda para todos os efeitos. Amanhã volto ao batente e resolvo.

De repente, no ônibus, fui pensando na possibilidade de ainda encontrar Sandra Regina na casa. A feira do mês tinha sido feita e sempre sobrava muita coisa. Além do mais, onde comiam dois e está comendo um, o estoque dura o dobro. Sempre tinha também uma reserva em dinheiro que eu deixava para as necessidades extras. Ela não estaria sofrendo nenhuma privação se tivesse permanecido.

Dentro desse devaneio, como que toda a série de fatos desagradáveis sumiam da lembrança e eu me via dando a notícia da remoção finalmente aprovada a Sandra, ela dando aqueles gritos de alegria dela, se jogando no meu pescoço, me beijando, tão contente, tão contente, coisa que nada nesse mundo pagava. A gente tinha poucos trecos para levar, não precisava mudança, levava tudo de ônibus mesmo. Lá contrataríamos um pacote de hospedagem e refeição num pensionato até eu me apresentar na nova repartição, alugar uma casa, negociarmos o horário de visitação de João Filipe, até sair o divórcio dela com o crente, nos casarmos, lutarmos pela guarda do menino na justiça. O pastor de maus augúrios que se fodesse. Seríamos uma família feliz.

Sacudi a cabeça com força. Que se soltasse, saltasse e saísse rolando pro inferno. Agora é tarde, tão tarde, pensei. Já caímos no buraco do cu de Alice e fazemos parte do universo dos que veem o que não deviam ver, dos que perderam a noção de claridade.

SESSENTA E CINCO

EU ME agitava violentamente como agora, tudo se embaralhava como no jogo de relancinho de minha mãe,

mas a noção do arrependimento era a única que me chegava e me chega, clara,

se eu pudesse ter me acovardado, tido a ousadia de enfiar o rabo entre as pernas como os vira-latas da rua quando batíamos o pé no chão.

ah, ao menos clareira e não selva escura, o rumo poderia ter sido outro,

tudo isto eu deveria ter visto lá atrás, antes de ficar cego...

SESSENTA E SEIS

UMA REVOLTA me bateu enquanto eu pensava em Sandra e nas mulheres com quem desejei ser feliz. Foram poucas, muito poucas. Em todas as vezes eu sonhei aqueles sonhos sozinhos, embora a ilusão do contrário não se despregasse de mim. Com Sandra essa ilusão foi maior, quase gritando realidade. Eu me enganei, eu me enganava mais uma vez, eu me enganara. Do alto dos meus vinte e cinco anos, eu sempre achei ridículo um cara apaixonado, revirando os olhos, suspirando nas esquinas pela amada. Coisa de fracos. Um carinho aqui e ali, um beijo na boca gostoso e demorado, uma trepada bem dada com a menina por quem sentisse tesão já completava tanto. Para que mais? Eu teria raiva e ganas de morder o mundo se passasse por isso, que Deus me poupasse desse papel, dessas asneiras de querer viver um grande amor. Mas o que no fundo eu era? Um jerico de merda, uma besta romântica que desejava, com todas as forças, amar e ser amado. Um otário, um babaca que merecidamente quebrava a cara. Bem feito, bem feito, seu zé mané.

Repensei a penúltima frase. Merecidamente, por quê? Que fiz eu de mal para passar por isso? O lugar-comum de que nesta vida, via de regra, o bem se paga com o mal, me resignou. Era isso mesmo, que fazer? Conformar-se com o natural da necessidade do homem e pronto, respondi para mim, com essa mania de pensar em voz alta.

O ônibus chegava à parada. Um gelo me invadiu a barriga. Eu voltava quase um mês depois ao lugar que foi, eu reconhecia, um ninho gostoso e pelo qual eu teria pago um bom preço para mantê-lo, se esta opção me fosse dada.

Repeti o percurso como se nunca houvesse saído da rotina. Um gelo invadiu a minha barriga. A cada passo que eu dava mais ansioso me tornava. Eu não conseguiria chegar assim, no seco, naquele lugar.

A Bodega do Biu estava aberta. Agora eu via o letreiro e me lembrava que foi ali, no momento do desespero, quando Sandra me deixou, que tomei aquela mistura de aguardente de cana-de-açúcar com vermute, apelidado não sei por que de rabo de galo. Precisaria de umas três lapadas para me preparar. Assim o fiz. Tomei a primeira, que desceu queimando a goela e depois o estômago. Na segunda, a orelha esquentou, um fogo se acendeu nas faces. Na terceira, recuperei a segurança. Estava no ponto. Enfrentava até satanás.

Era noite, umas oito, eu estimava. As janelas piscavam com o povo assistindo novela. Os mesmos cachorros me estranhavam quando eu passava e, quando eu os ameaçava com uma pedra, eles ficavam na deles. Eu estava na ponta da rua da residência que Cassiano me emprestara. Caminhei sem pressa as dez casas que antecediam. Como eu viesse do lado oposto, a menos de três imóveis vi que havia luz acesa dentro. Sandra Regina não tinha saído ainda de lá, concluí. Um pouco mais próximo ouvi som de rádio tocando música brega. Risadas. Falas animadas. Ela não estava sozinha. Uma voz se destacou, de homem. Perdi todo o sangue frio que o rabo de galo tinha me trazido. Subiu-me uma ira. Sandra Regina tinha trazido um cafajeste para dentro daquela casa mal eu tinha dado as costas. Ela não tinha esse direito. Não tinha.

Decidi entrar e pegá-los de imprevisto. Andei lentamente. Tirei com cuidado o cadeado no portão, abri-o, forçando-o para baixo, sufocando o rangido que ele sempre fazia. Da mesma forma com a grade do terraço. Finalmente a chave estava na porta da casa. Tomei o ar. Inspirei fundo. Dei o primeiro giro. Esperei. Eles dialogavam em risadas altas. Bartô Galeno cantando "*No toca-fita do meu carro/ uma canção me faz lembrar você*". Estavam desligados de tudo ao redor. Dei a segunda volta. Pronto. A porta estava aberta. Era só girar lentamente o trinco. Empurrar. Surpreendê-los.

Esperei um tempo considerável, quase pego pela indecisão. E se eu deixasse isso para lá? Voltasse de manhã, antes do trabalho ou mesmo à noite. De que adiantaria ela ver ou não que eu sabia, que a conhecia perfeitamente, que queria que ela se fodesse bem longe de mim? Isso. Que se fodesse. Não havia mais possibilidade de voltarmos. Eu reconstruiria minha vida, eu era capaz disso, tinha esperança, juventude e o futuro sempre pode acenar com algo melhor.

Minha mão segurava firme o trinco da porta. Girei-o até o fim lentamente. Incrível. O quiquiqui deles abafava a música, tudo ao redor. Principalmente Sandra que parecia atacada de uma crise de riso. A vizinhança podia ouvir. Filha da puta. Era hora de ver que festa foi armada, que celebração era aquela. Ir em frente, empurrar a porta. Abri-a, num chofre, negligenciando desta vez todo e qualquer cuidado. A porta fez um rangido choroso. Eles estavam de costas e tomaram um susto miserável. O quadro era realmente de uma festinha. Havia uma cerveja aberta, uma boa meia dúzia delas espalhadas pela sala, um prato de tira-gosto no chão. O rádio a um canto. Sandra tremia ao me ver ali. O camarada se levantou, nervoso, encostando-se na parede, segurando uma garrafa de cerveja pelo gargalo, como se armando contra um possível ataque meu.

Fiquei parado olhando os dois ali. Eu não esperava, torcia para que jamais na minha vida encontrasse algo semelhante. Era tudo real. Cruelmente real. O grau de intimidade deles estava avançado. Algo mais grave, porém, acendeu minha ira e indignação. O cara estava usando uma bermuda e uma camiseta minhas. No canto da parede, o uniforme de um time lambuzado de caldo de feijão. Ele tinha mesmo o perfil de um jogador de futebol, o estilo do cabelo grande lembrando um pouco Sócrates. Eu nunca o tinha visto na redondeza, mas pelo traje, a velha sandália de dedo, não devia morar longe. Sandra usava um vestido de malha confortável, porém menor que o seu figurino, que ela usava mais como camisola para dormir. Minha indignação não podia ser contida.

E me espantaria se tivesse encontrado Sandra num bar em folga semelhante com um cara qualquer, mas é possível que passasse direto, não lhe dando o gosto de me mostrar atingido, nem lhe pedir a mínima explicação que já não me devia. Mas ali? Meu Deus, ali? Ali tinha sido o nosso aconchego, ali eu alimentei minhas mais puras ilusões de ser feliz com ela. Aquele lugar estava sob minha responsabilidade. Crueldade demais. Ela não tinha esse direito, não tinha.

Foi ela que tomou a iniciativa de falar. Gaguejava sem ter muito o que dizer, mas falou.

Moacir, você aqui?

Por que a surpresa? Esta casa foi confiada a mim. Aqui estão muitos dos meus objetos que eu viria pegar. Não há nada de extraordinário em minha presença, acredito.

O carinha nos olhava desconfiado, com a garrafa na mão, ainda na defensiva.

O que é que você está esperando? disse eu. Está olhando o quê? Vai embora. Meu assunto é com ela. Você não tem nada com isso.

O tal do jogador de futebol desceu a garrafa até o chão, saiu apressado, sempre olhando para trás.

Espere, gritei.

O que foi? disse ele.

Desta vez era eu quem tinha a garrafa segurada pelo gargalho.

Essa roupa é sua?

Moacir, que besteira é essa, atalhou Sandra. Você tá fazendo questão por esses trapos velhos, que ia até separar para doação.

Não se meta. A roupa é minha. Dou a quem quiser, jogo no lixo, toco fogo. Não é dele.

Não tire, Ednaldo! disse ela, desafiadora. Que coisa mais mesquinha...

Como é que é? rugi de uma forma que até a mim fez tremer.

Deixa, deixa, Sandra. Eu vou arrancar essa merda do meu corpo.

Caminhou até a roupa suja, curvou-se, pegou-a e caminhou até o banheiro. Em menos de um minuto estava de volta. Rescendia a suor misturado a sujeira da comida e da bebida sem deixar, entretanto, de tentar manter a superioridade. Olhava a mim e a garrafa na minha mão. Vi a hora ele querer voar em cima de mim. Eu o olhava, desafiador, quer vir? Venha!

A coragem dele não era tanta. Foi andando em direção à saída como cachorro com o rabo entre as pernas.

Mas antes de fechar a porta, ainda teve a audácia de tranquilizar a outra.

Ela foi mais audaz. Me desafiava.

Você não precisa ir se não quiser, Ednaldo. Fui eu que convidei.

Encarei o camarada com o meu pior olhar e apertei tanto a garrafa que temi quebrá-la.

Eu vou, eu vou. Sem problemas. Qualquer coisa, não se preocupa. Tô por perto.

Saí como um raio em direção à porta e fechei-a numa pancada violenta quase o atingindo nas costas. Dei as duas voltas e pus a chave no bolso. A porta dos fundos estava fechada, me certifiquei. Se eu encontrar esse canalha lá fora quando sair daqui ele vai se arrepender de ter nascido, pensei.

Contemplei o ambiente, todas as coisas em redor. Pensei em tudo que vivemos, nas minhas apostas. Pensei na notícia que tinha recebido sobre o processo de transferência. Tantas ilusões perdidas. Olhei para Sandra. Estava bem passada pelo álcool. Não conseguia se pôr em pé direito, oscilando. Meus olhos começaram a marejar. A garganta queria se fechar. Eu precisava reagir. Isso veio em forma de choro. O choro de quem pranteia tudo que morreu, o desespero de quem tinha caído de cabeça num buraco fundo e só via a escuridão cada vez mais densa.

SESSENTA E SETE

QUIS SANDRA Regina e tive Núbia, nuvem rainha, enchente, choro, chororô, desentendimento,

pudera voltar atrás, mas quem me ofereceria esta máquina para um reencontro comigo naquele céu, naquele inferno que foi viver em João Pessoa em meados dos anos oitenta?

ninguém, ninguém, seu nome é ninguém,

aaaaaaaah, ninguém me cegou, ninguém me cegou, tirou-me o único olho que eu tinha, aaaaaaaah,

Moacir de tantas mágoas, filho do sofrimento, dor e ira, teu nome agora é ninguém,

sê sábio uma única vez, aceita esta condição, foi o amor ou foi o desamor, não sei, mas como imaginar que dar às vezes a mão inclui a possibilidade da não salvação, de ser arrastado com quem vai cair no precipício,

eu queria salvar a mim mesmo e me condenei, um espaço que jamais se encheria apenas com palavras, com presenças, mas com ações, ou, melhor, palavras-ações, teatro além do teatro,

eu me enchia de um sentimento jamais experimentado naquele quarto de século vivido, sentia que dali pra frente Sandra Regina estaria irremediavelmente ligada à minha vida, julgava que isso taparia o rombo infinito aqui,

fiz o que pude e o que não podia para salvá-la, ela me canonizou,

Santa Luzia arrancou os próprios olhos e os entregou ao algoz em vez de renegar a sua fé cristã,

e eu apóstata de tudo pelo amor, isso era um aviso para mim, que extraísse esses olhos antes, sem titubear, tugir ou mugir, antes de viver o que vivi, antes de ver o que vi,

um anjo, Cassiano, tentando me proteger e eu rejeitando a sua mão, pedindo o que ele não poderia me dar, isto é, a minha perdição, angelicais os dois eu e ele em nossa amizade pura, que eu estragaria tudo adiante no desarmamento que a cerveja traz,

tolo é o homem que quer ser feliz, já disseram, e vai incauto em busca disso,

eu fui, via tudo que não deveria ter visto, assim guiado ou teleguiado, pegando a carona que me levaria ao lugar que nunca quis ir,

era o futuro que não queria, mas o forjava com artesania sem saber,

ah, o futuro, construído nas mínimas ações que nós, os humanos, Moacir, Sandra Regina, Cassiano, Lúcia, realizamos às claras ou às escondidas, um pé debaixo de uma mesa pode mudar tanta coisa, e não adianta, uma explosão do transformador num poste na rua não ajudará muito, o blecaute nos forçando a dispersão pouco ajudará a conter o irremediável que a escuridão íntima atrai,

meu pai repetia também que um homem é uma cobra de duas cabeças, cobra cega, inofensiva e de fácil predação quando deixa a cabeça de baixo comandar a de cima, se aquela não tem língua é imperativo impedi-la de falar, teimosa sempre, não prevê o depois,

e volto a suar e a me debater, escuto um som que é de minha boca, que não entendo, não durmo nem estou acordado,

morto andante, vou ao banheiro, mijo, volto a deitar, tremo e tudo é confuso, a cabeça inchada, não dói de dormente, bola em bomba de gás hélio, quer voar,

um vulto, acho que é João, os olhos dele curiosos sobre mim, no que estou passando, João, quantos batismos em busca do paraíso, que não existe.

um fogo cresce e diminui, acho que vejo, voltou a fumar, apaga o cigarro, João, quero falar e não sai um som de minha boca, apaga o cigarro, ele continua fumando, apaga ou eu vou aí fazer você engolir com brasa e tudo, ele me olha e parece que lembra da ameaça,

que inferno, escuto a voz dele, pressionando o cigarro contra a parede, o breu que eu não conhecia ainda lá atrás,

um jerico de merda, eu, uma besta romântica que desejava, com todas as forças, amar e ser amado, eu, eu que amava as janelas abertas da moça que sonha com o amor, o amor que busquei com ânsia depois de escapar de fazer uma merda, eu que sempre quis acreditar na história de uma menininha frágil, perseguida pelas pessoas por não conseguir se adaptar ao meio, e ser o seu herói, proteger a garotinha que gosta de animaizinhos, as borboletas, os grilos, os pássaros, as plantas, que adora viver na natureza, codinome *Flor Miúda*, o livro de Sandra Regina,

a capa preta, e me arrepio ao lembrar do livro de São Cipriano com os mistérios que minha ignorância não encontra, que eu se soubesse poderia ter rezado a oração milagrosa com uma vela acesa e uma faca de ponta nas mãos lesando sem dó o tampo da mesa, trocando a palavra fulano pelo nome de Sandra, digo, Núbia Regina, para que ela se afastasse de mim, ela a minha perdição, para o meu bem, para o bem dela, eu que nunca reconheceria isso, e se a reza fizesse era para ela nunca sair de perto de mim, mas outras chegavam junto, para essas também recorreria à reza braba, para Lúcia deveria ter feito a oração,

há movimento que consigo ouvir, longe, mais perto, deve ser João que não dorme, que não ouse falar comigo, que não ouse me olhar,

está tudo escuro, escuro quando lhe pus o esparadrapo como venda, mas era para mim, que um dia pensei em usar para escrever um romance, também chamado *Flor miúda*, sobre uma mulher linda e maravilhosa, a quem um homem começou a amar perdidamente a partir do primeiro encontro e a pôs ao seu lado até que a morte os separasse, ah, Moacir, você tem cada uma,

o amor é cego o desamor também,

eu não me perdoo pelo que tenho feito com João muitas vezes por capricho, não me saem da memória as palavras do diretor, é uma vítima, uma fragilidade, não merece o que tem sofrido,

o céu deve estar negro, chove sem parar, pancadas fortes, chuva de vento invadem a cela pela janelinha que dá para a rua, meu corpo se sacode, *delirium tremens*, nenhum amigo ao alcance que me valha, era no bar que eu procurava claridade,

sinto o corpo ferver e tenho frio, tudo escuro, não vejo nada, um carvão incandescente, diz o dicionário, que coisa horrorosa é a silhueta andrógina do rosto de João evidenciada pela brasa do cigarro, de novo caralho,

sai um grunhido, mas que inferno, a ponta do cigarro esmagada na parede,

eu queria passar uma borracha em tudo que ouvi no dia anterior do pastor desgraçado, escuto Sandra, prefiro acreditar nela, na sua versão, no que explicava e justificava, eu a queria, preferia me matar a deixá-la ir, tolo, tão tolo eu era,

não gosto da chuva, nunca me trouxe nada de bom,

na minha infância, tinha um fazendeiro, casca grossa, que dava tiros para cima com raiva quando chovia, xingava, desgraçada, vai adoecer meus trabalhadores, e chovia mais, torrencialmente,

chove, chove *dogs and cats*, chove canivetes,

nem venha, João, nem venha que no seu barco não entro, não vou relatar nada, desconfio que tu é que escreves a minha história...

eu tinha acabado de ser preso quando recebi a notícia da morte de minha mãe, ela ouviu a notícia no rádio, deu um grito e caiu, Zulmira foi levantá-la, não tinha mais vida

eu queria ser um líder sindicalista prestigiado, um criminoso político, o sistema teria consentido se,

mas eu não lembro de nada, isso me contaram um dia desses,

o que é que um alienado faria num velório, num enterro?

carrego comigo a culpa de sua morte, meus irmãos me julgaram, meu segundo crime,

um vento gelado entra na cela, minúsculas setas a varar meu corpo, como tremo e como suo, mas não deixo de pensar, preciso exorcizar, sinto isso, eu preciso, e de nada me vale o *Rituale Romanum, o Exorcismus in Satanan et Angelos Apostaticos,*

tenho que lembrar, o esquecimento é que me elimina, eu sei, lembrar talvez me salve,

Sandra Regina bêbada, exaltada, debochada, provocadora, me enfrentando, tentando me ferir, que lhe fiz, que lhe devia eu?

ela me odiava, odiava pelo que não tinha lhe dado, ou dado indevidamente,

eu não via nenhum amor nos seus olhos foscos, erguendo o dedo e o apontando como uma espada contra o meu peito, um pé à frente, outro atrás, um vai e vem indeciso, se desequilibrando e caindo sentada no chão molhado de cerveja, o vestido levantando, as pernas abertas, deixando ver que estava sem calcinha,

cacete, ela farrava com um babaca na casa em que tínhamos vivido havia poucos dias, instantes sagrados para mim,

na folga com aquele cafajeste sem a parte de baixo, deu pra ver que também não usava sutiã, só o vestidinho leve, que se tirava e se punha num tempo só, o fogo dos revoltosos fervia em mim, mais que agora, mais que agora,

Sandra, o que você fazia com esse homem, eu pergunto e ela solta uma gargalhada,

adivinha, cacacá, me divertia, cacacá,

me aproximo, me agacho, ela não conseguia se levantar e sinto um cheiro enjoativo de esperma vindo de suas partes, tinha dado para ele e nem tinha ido se lavar, as quengas dos cabarés mais fuleiros pelo menos tomam um banho tcheco para mudar de homem, ela não, ela é ferina,

e olha que ele teve competência para entrar num certo lugar melhor que você, de não me fazer sofrer nada, só me dar prazer, cacacá, quis ainda falar, tentou levantar, se segurar na parede e caiu de joelhos, emborcando-se de costas para mim, o vestido levantado e a bunda oferecida,

era noite e já é manhãzinha, não compreendo, lusco-fusco?

depois de tantos anos sinto a minha pomba despertar, como naquela noite, querendo rasgar a calça, arrancando os pentelhos em que estava aninhada,

aqui é de verdade, meu bem, é natural, não tem óleo aqui dentro, não, só carne e músculo, meu anjo,

por que isso me ocorre agora, não sei,

Sandra também tinha hábito de dormir com uma calcinha minúscula no meio das nádegas, de bruços, empinando a bunda, batia uma vontade enorme, mas eu não me encorajava depois daquela vez, ela disse que nunca mais,

e então as palavras pungentes,

e olha que ele teve competência para entrar num certo lugar melhor que você, de não me fazer sofrer nada, só me dar prazer,

e eu estava entrando e saindo com fúria naquele orifício e não ouvia um som sequer de protesto e era essa a minha flor miúda e era a que eu queria ter escrito e era a flor proscrita e eu gozava em silêncio e chorava e a febre e a perturbação começaram e a febre e a perturbação passam e vejo o sol que se levanta e invade tudo e João que solta um som estertorante estrebuchando debaixo de mim e um cheiro forte de fezes predomina e são as minhas mãos que envolvem a garganta dele e sou eu que me assusto e despenco no chão e dou por mim e ele se levanta e sai correndo e a porta da cela estava aberta.

Ao meu lado, uma caneta esferográfica amarela de bico fino poderia cantar a noite definitiva, quitar toda a minha dívida com o mundo.

Não sei quanto tempo fiquei naquela superfície suja e úmida, contaminado pela carniça de tudo, consciente, enfim, de minha extrema miséria. Tinha apagado e foi a voz de João que me tirou daquele estado quando entrou gritando, dando a notícia da rebelião que havia começado, que tinham escancarado as portas de todos os pavilhões e os detentos dominavam tudo, Gil e o grandalhão no comando, que o diretor e vários agentes eram reféns, muitos colchões queimados, quebradeira sem igual, que tinham morrido vários presos, dois soldados, quatro cabos e um sargento, que a tropa de choque estava para chegar.

João gesticula sem me olhar e quando se volta para mim solta um berro maior do que tinha lhe arrancado a visão da tragédia que testemunhava. Não entendo por que ele se desespera apontando a minha cara e só então me dou conta e a dor lancinante chega só naquela hora. A caneta *Bic* ponta fina está pendurada no meu globo ocular direito. Eu me lembro que decidira em algum momento furar meus dois olhos. Sim, eu também fui incapaz de mudar o meu destino. O estoicismo da vida é o vencedor. Não tive forças para vazar o segundo. A dor foi tão grande que me fez desmaiar.

Sou eu mesmo que extraio a caneta do olho. O sangue aumenta o fluxo e sai, deslizando pelo rosto.

Está tudo bem, tranquilizo João.

A tropa de choque chega e tenta negociar, o som dos megafones, sem sucesso. O comandante anuncia que vão entrar.

João se abraça a mim e pela primeira vez não o enxoto.

Eu não quero morrer, grita. Eu não quero morrer.

Você não vai morrer, tranquilizo-o.

O cheiro de fumaça já é sufocante. Ouvimos as explosões, os tiros, os gritos de combate.

Para a enfermaria, para a enfermaria, eu ordeno.

Mas estou sem forças, minhas pernas fraquejam. É João quem me conduz até o lugar seguro. O povo da igreja está entre os enfermos na sua tarefa de trazer uma mensagem de salvação. Avançamos pelo corredor enquanto a fala de um dos religiosos vai crescendo e é sobre a passagem de um dos milagres do Messias:

Levaram aos fariseus o homem que fora cego... Então os fariseus também lhe perguntaram como ele recuperara a vista. O homem respondeu... Tornaram, pois, a perguntar ao cego: Que diz você a respeito dele? Foram os seus olhos que ele abriu. O homem respondeu: Ele é um profeta.

Entramos e correm em meu socorro. Me fazem sentar. Trazem gazes, põem em meu olho e pedem que eu pressione levemente com uma das mãos para que a hemorragia seja contida. João não sai do meu lado.

De repente dou pela falta de meus relatos. Não tinha lembrado de trazer o calhamaço. João dá pela minha ansiedade e vem em meu socorro.

Estão aqui, diz, retirando as folhas de ofício coladas às axilas e me entrega.

Pego-as de volta. Na mão direita, eu ainda comprimia a caneta com a ponta manchada de sangue do meu olho. Numa das folhas em branco, escrevo, com letras menores, meu nome, na parte superior e, ao centro, em maiúsculas, o título *Flor Miúda*.

João assiste a este ato com a emoção de ter testemunhado um dos acontecimentos mais importantes de sua vida.

Disseram que meu alvará chega amanhã, anuncia ele.

Pela primeira vez sorrio com a felicidade dele.

Você não vai se ver livre de mim, como pensa, digo.

Quem disse que eu quero me afastar de você? reage. Venho lhe visitar todo domingo.

Receio que você esteja enganado também quanto a isso, volto a dizer, e ele faz uma cara confusa. Acho que meu tempo aqui está chegando ao fim.

João abre o seu sorriso de quenga sem classe e que agora não me incomoda. Até gosto.

Tu jura?

Balanço a cabeça. Positivamente.

O meu olho direito não me fará falta. Essa é a minha maior certeza. Todo caolho valoriza mais o que pode ver. Como esse sol que invade a enfermaria com um brilho cheio de promessa. Um brilho em que jamais atentei nessa vida.

pólen soft 80 gr/m2
tipologia minion variable concept
impresso no outono de 2021